刑警之子

宫部みゆき
（日）宫部美雪 著
张静乔 译

天津出版传媒集团
天津人民出版社

图书在版编目（CIP）数据

刑警之子 / (日) 宫部美雪著；张静乔译. -- 天津:
天津人民出版社, 2020.7
ISBN 978-7-201-16135-8

Ⅰ. ①刑… Ⅱ. ①宫… ②张… Ⅲ. ①推理小说 - 日
本 - 现代 Ⅳ. ①I313.45

中国版本图书馆CIP数据核字(2020)第112837号

刑警之子
XINGJING ZHI ZI

出　　版　天津人民出版社
出 版 人　刘　庆
地　　址　天津市和平区西康路35号康岳大厦
邮政编码　300051
邮购电话　（022）23332469
网　　址　http://www.tjrmcbs.com
电子信箱　reader@tjrmcbs.com

责任编辑　霍小青
特约编辑　李　雪
装帧设计　毛　增

印　　刷　天津旭丰源印刷有限公司
经　　销　新华书店
开　　本　880毫米×1230毫米　1/32
印　　张　8.5
字　　数　154千字
版次印次　2020年7月第1版　2020年7月第1次印刷
定　　价　45.00元

目录

序章

“一个，两个，三个。”

幼儿的手指指向河面。

“啊，那边也有，四个。”

声音充满活力。年轻的母亲将手放在女儿的小脑袋上。

“香织，那只是潜水又冒出来啦，所以一共是三只。”

“三只？”

“对，小鸟要说一只，不是一个。”

小女孩在数的是水面上忽而浮起、忽而消失的鸬鹚。它们灵巧地转动着长长的脖子，潜水的时间漫长得让人类为它们担心，而随即它们又出乎意料地从其他地方冒出头来。

“小鸟也要吃午饭吗？”

“也许是哦。”

偶尔可见那些时而潜水、时而现身的鸬鹚口中叼着鱼，但也有没捉到鱼的。

“那只鸟出来了，不过没吃到鱼。”

“没捉到吧。”

“小鸟叫‘没捉到’呀。啊，它到那边去了！”

小女孩迈开小腿跑开，母亲甚至能看到孩子的鞋底。

“不可以到河边去！”母亲边喊边向孩子漫步走去。

这是一个晴朗的周日，对十一月而言稍微有些过分温暖的阳光照射着河岸边和水面。沿着混凝土加固的河岸行走的母亲因炫目的阳光而眯起了眼睛。

——如果心情一直这么好，每天都来散步也不错。

她举目朝上，可以看见河对岸林立的公寓楼和上游位置与其并列的葛西桥，桥面上因堵车而停满车辆，车身反射着日光；转回头去，可以看见方才与孩子手牵手走过的河堤，有人骑着自行车从河堤上方悠悠经过。

“妈妈——”

孩子的喊声传来。她在距离母亲十米开外的地方，站在护岸的边缘，蜿蜒流淌的河流就在她的脚下，双手放在膝盖上，看着河面。母亲急忙跑到孩子身边。

“不可以站在这里，很危险的。”

女孩伸出小手，指着脚下的位置。

“下面有轮子哦。”

母亲仔细一看，确实有一个老旧的轮胎沉在水底。河水绝对算不上清澈，但轮胎所在的位置是浅水处，所以看得很清楚。

“真的呀，是谁丢的呢？”

“不可以，不可以往河里扔东西。”

“对呀。”

就在母女俩注视轮胎的时候，上游位置漂来了白色的塑胶袋，漂到轮胎的位置被卡住了。塑胶袋的封口散开，袋口边缘随着水波摆动。

——水流比想象中要快呢。

母亲握住孩子的小手。

就在此刻，塑胶袋被河水带走，仅留下袋中的东西。

看到水里的东西，年轻的母亲瞬间联想到是孩子喜欢的人偶玩具。不知是被谁弄得相当粗暴，玩具的手都掉了出来，似乎才修理过。好可怜的玩具娃娃，应该好好爱护它嘛……

掉在河底的东西真的很像人偶的手。手掌部位朝下，手指朝向母女二人。随着河水的流淌，手掌在不停地上下晃动，像在召唤别人。指甲中塞着泥。

这应该是服装店里的人体模特吧？年轻的母亲想着。她的心脏开始狂跳——这个模型，做得好像是真的……

“妈妈……”

孩子抬头看着母亲。然而，开始摇晃不已的母亲的视线正被其他东西牢牢吸引。

又有什么东西从上游漂来。同样的白色塑胶袋，超市中的常见用品。里面装的东西圆鼓鼓的，让人不禁联想到常见的东西。

切成两半的圆白菜，切成两半的西瓜……类似这样的东西被装在白色的塑胶袋里随水漂流，很像孩子入浴时放在浴缸里的玩具帆船。

随着水流，塑胶袋缓缓地转了半圈，扎得不甚牢固的袋口部分转向母女二人，继续向前漂去。然后有什么东西从袋口溢出。

母亲死死地盯着袋子，那个……那个……大概是……

就在塑胶袋的一边，鸬鹚蓦地浮出水面，用长长的喉咙吞下动个不停的鱼。

塑料袋口束缚力量忽然松解。母亲用生怕孩子被抢走似的姿态抱起孩子，向右转头狂奔而去。

那个从塑胶袋中溢出的东西，是人的头发。

“妈妈，怎么了？”

顾不上回答孩子的问话，母亲只一个劲儿地奔跑。她看向河堤上方，寻找他人的身影，并挣扎着发出叫声。

在母女二人的身后，从塑胶袋中掉出的东西无声地张着嘴，河水从其齿间淌过，空洞的眼窝注视着蓝天。

01

全新的街道

1

八木沢顺开始和父亲道雄生活时，出现了两个奇迹。

首先，他们在东京二十三区内找到了租金合适的房子。道雄在警视厅搜查一课供职，时常在深夜被叫出门。因此，家距离工作地点越近越好。

新家位于城东警察署的管辖范围之内，夹在隅田川和荒川之间，临近东京湾，简言之便是所谓的零海拔地带。道雄的老家也在这片区域内，对他而言，回到这里或许算是回归故乡吧。

“下町很棒，你肯定会喜欢，还有盛大的庙会。”

父亲的这番话，顺听了好多次。

这片区域即为下町，同时也因是“滨水区”而备受瞩目。开发计划多如牛毛，绿地和公园的建设也在持续进行。在同一片区域中，道雄所熟知的老房子、街道、工厂，以及全新的大型公寓和企业大楼混为一体。

看着父亲似乎要发出“变化真大啊”之类的感慨，顺笑着对父亲说：

“有什么关系，把回忆稍微削减一点儿，换来的是时代最前端的活力嘛。”

第二个奇迹是，他们在找到房子的同时也找到了操持家务的女佣。对方是本地人，对当地情况了然于心，也很擅长和近邻们相处。

在优秀女佣匮乏的当下，这点也堪称奇迹。按照顺的婶婶的话来说，这是天上的神明“对不幸的单亲家庭的眷顾”。

“不过，若神明真是万能的，就不会让‘离婚’这种事发生了，不是吗？”

面对顺的质问，婶婶如此回复：

“在创造这个世界的时候，神明本身也尚未成熟。他也在深刻反省，希望人们原谅他的过失。”

“就算道歉也于事无补嘛。”

“顺，你果然还是受伤了。”

对此，顺一言未发。父母的离婚是否真的对自己造成了伤害，当时他也没有弄明白。

距此一个月后，顺才找到了答案。那是一个周日，他正和女佣一起制作桶装腌白菜。

女佣名叫幸田花。从老式的名字可以推测她的大致年龄——她生于大正十四年（公元一九二五年——译者注）。

花婶通过朋友的介绍来到了八木沢家。

“虽然年纪有点儿大，但腰、腿和头脑都很好，本人也很有干劲儿。她做这行已经五十年了，相当老练。”

虽然有了这番保证，但若非看在朋友的面子上，八木沢父子肯定会拒绝这位女佣吧——然后陷入深深的懊悔中。

花婶是个理想的劳动者，热情积极，体力也很好。

“花婶的骨气和我们不同。”道雄如是说，“但也要好好照顾她，让她做事和帮忙是两回事。”

如此一来，顺经常帮忙做事。而一旦动手，他发现做家务这件事也“非常有意思”。

听顺如此说，花婶露出高兴的笑容。

“小少爷，您不是为了顾虑我而故意这么说的吧？”

“不是，真的很有意思。在学校上家事课的时候，明明还在想为什么非要学这种东西呢。”

顺今年十三岁，初中一年级。

“这大概是因为，学校里学的东西都带有目的性，在家做事不会有这种感觉。”

说着，花婶原先放在围裙上的双手“啪”的一拍。

“既然小少爷想学，花婶就把自己知道的一切都教给您。”

如此，顺成为花婶的弟子。桶装腌白菜最好在艳阳高照的时候制作，因此花婶在顺有空闲的周日时，白天义务加班。

制作腌菜的过程中，顺忽然想到：对于现在很多女孩子都不愿做的家事，我却觉得很有趣，花婶是如何看待这点的呢，会不会认为我是借此消愁？

于是他问花婶：“您是否认为我受到了伤害？”

两人所在的位置是房子背后约一坪的庭院。商店街的蔬菜店送给他们的木桶放在地上，前面铺着报纸，一切为四的白菜堆在报纸上。新鲜白菜的香味闻起来略带药材的味道。

花婶一边将白菜整整齐齐地码在木桶中，一边思索了片刻。

“小少爷难道希望别人认为‘顺受到了伤害，好可怜’吗？”

“……我没这么想过。”

“那么您就没有受过伤害——把海带和朝天椒铺在上面。老爷喜不喜欢辛辣的东西？”

花婶固执地称呼道雄为“老爷”，称顺为“小少爷”。在八木沢父子看来，她唯一的缺点莫过于此。

“爸爸最喜欢辣的了，我也是。”

“那就多放点儿。请小少爷不要一次吃太多。”

铺满切碎的海带和朝天椒后，顺开始摆放第二层白菜，并问道：

“没有那么想过就是没受到伤害？”

“您说得没错。”

“真简单啊。”顺笑了起来，花婶点了点头。

“凡事都不要太钻牛角尖才好。”

他们模仿横纲进入相扑场地时撒盐驱邪的手势，开始在白菜上面撒盐。

“小少爷，其实花婶也有事想对您说。”

“嗯？”顺抬头一看，只见花婶罕见地皱起了眉头。

“什么事？”

“最近花婶时常听说……不，跟老爷和小少爷没有直接关系，但或许告诉老爷比较好。”

顺条件反射般地朝飘着晾晒衣物的二楼窗口看了一眼。道雄正在那扇窗后享受难得的“吊儿郎当的午睡”——今天他不当班。

“什么事啊？”

花婶放下手中的白菜，将声音压低：

“小少爷不知道吗？这附近正在流传不好的传闻。”

“不好的传闻？”

“没错。传闻说，在某栋房子里，有人被谋杀了——被杀的是个年轻姑娘。”

2

传闻中的房子距离八木沢家不远，骑车约十五分钟，是一栋背对河堤的新建独栋房。

隔开道路的位置设立了建造门窗和隔扇的店铺放置材料的场地，以及夜间空无一人的月租型停车场，但四周仍然安静得不适合钓鱼，奢华的二层小楼就建在这样的环境中。房子四周栽了一圈绿意浓郁的树木，犹如绿色的屏障。

奇妙的是，从外部查看时感觉不到人的气息。附近的土地急速升值，花高价建造的这栋房屋却没有入住，大约是房主出了什么事吧——顺如此想。

“那栋房子不是空屋？”

“没错，花婶我啊，最初也认为没人住。但里面一直有人住，是个上了年纪的老人。”

“是男的？”

“对，所以才有不好的传闻。一旦有年轻女孩进入那栋房子……有人说是一个女孩，也有人看到是两个，总之，进入那栋房子的女孩再也没有出来。”

言毕，花婶打量着顺的脸色，“扑哧”笑出声来。

“很奇怪的传闻吧？一开始只是这样说，然后大家煞有介事地说着说着，各种版本都出来了。譬如，有人深夜看见老人在庭院里拿铁锹挖坑之类的。”

顺把手肘搁在膝盖上，双手托腮。

“听起来好像《蝴蝶春梦》里的剧情啊。”

电影《蝴蝶春梦》讲述的是继承了遗产的年轻男人绑

架、囚禁年轻女性的故事，影片中，主人公把这种行为称为“采集”。

顺是电影迷，这个嗜好似乎遗传自离婚后与自己分开的母亲。他时常去借录像带，假期开始的前夜看电影会看到半夜。《蝴蝶春梦》也是在深夜的电视上看的，结果还做了噩梦。

“小少爷看过那种电影？那真是……”花婶露出略带责备的神情。

花婶也是电影迷，时常观看近期上映的新片，对老电影也知之甚详。话虽如此，但她表示“真正踏踏实实坐下来观看电影，是五十岁之后的事了”。

“这么说，花婶也看过《蝴蝶春梦》了？”

“怎么说呢，越害怕越想看嘛。”

花婶假装清了清嗓子，回到原来的话题。

“总之，传闻就是这样。花婶我在好多地方听到了这些，当然，绝大多数人都笑着说‘怎么可能’，但万一不是空穴来风呢？”

“所谓无风不起浪，对吧？”

“没错。但也不能直接把这些传闻告诉老爷，毕竟这个世上的风气，也不容许随意打110报警。”

在如今的环境中，邻里之间都相互不认识。住在公寓中的人，若听见隔壁传来惨叫而赶过去，却看见睡得头发和衣服都乱七八糟的女孩一脸迷惑地走来开门，该有多么丢脸。

“但我们这里还没变成那样吧。”

顺说着，看了看贴着护墙板的自家房子。

“这样的房子还好好地保留着。”

“但还是跟过去不一样了。”花婶一脸落寞地说。

“也许是吧。”

刚搬到下町的时候，最让顺吃惊的就是，每当救护车或消防车驶过，附近的人都会吵吵嚷嚷地飞奔出来围观，甚至有人骑车跟在车子后面。

最初，顺觉得自己搬到了一个好丢脸的地方。虽说是滨水区，居民们的意识还是跟以往的长屋住客没区别。

道雄却提出了反对意见。

“就是这样才好。我们家常常只有你独自看家，附近一旦发生状况，所有人都开始行动才让人安心。”

最近，顺也开始如此认为了。这或许是花婶一番话的功劳。

“小少爷，这地方也发生了很多改变。和过去相比，进进出出的陌生人变多了。说是慎重也好，警戒也好，刚搬来这里的人难免会想‘所以我才讨厌下町，到处都有人偷偷摸摸地窥视别人的生活，简直不成体统’，从而会很生气。”

“嗯……这我明白。”

“所以说，尽管这次的流言引起了骚动，但谁也没想过要做什么。换作从前，早就有人带头行动了。”

木桶里的白菜装得满满的，接下来只需盖上盖子再压上重物就可以了。重物是从山货店买来的“简便石头”——以合成树脂制成的圆形物件，相当重。花婶对此表达了强烈的不满，并表示要从自家带一块真正的压缸石过来。

“我试着用不夸张的方式和爸爸说说看。”

顺用“简便石头”压住腌菜桶，说道。

“如果有什么事的话，说不定能让爸爸去那房子附近看看。不是以公务员的身份，而是用普通街坊的身份去转转。”

“这样啊。”花婶似乎松了口气。

两人收拾了一阵，将腌菜桶放到通风又阴凉的地方。花婶在木桶的侧面用万能笔写上了当天的日期：十一月五日。

“差不多可以喊爸爸起来了，中午都过了。”

顺抚平裤子的下摆站起来，正准备去对父亲说“再睡下去眼睛就要肿了”，厨房中的电话就响了。

顺保持张嘴的模样回头看花婶。花婶嘟囔着“哎呀呀”。

随即，花婶从和式房间中站起身来，向厨房走去。台阶上传来“咚咚”的脚步声，穿着睡衣的道雄迅速下楼。

“爸爸要出去。”

“没问题吗？已经睡醒了？”

“睡醒了。”

道雄的双眼仍然半睁半闭，他接过电话听筒。

“我是八木沢。”

道雄猛地挺直了背脊。顺想了想，悄悄地返回庭院。除非道雄亲口说，否则最好不要旁听。

花婶正拿着扫帚清扫庭院。

“老爷又要去处理案件了？”

“好像是的。”

“那得给他准备换洗的衣服。”

顺对围着玄关打转的花婶小声说道：

“刚才那件事，暂且先交给我。”

“也不是什么特别困扰的事。”花婶笑着说，“肯定只是恶作剧之类的传闻，我自己爱瞎操心罢了。”

屋内传来喊声。“顺，顺，爸爸得出一趟门。”

3

道雄听到的第一通汇报是，在荒川的河堤上散步的母女二人发现了上游漂来的、疑似遭切割的尸块。

现场位于荒川河堤的右岸，葛西桥下游二十米左右的位置。河堤下方双车道的路上停着两辆警车，其中一辆的顶上闪烁着红色的警灯。禁止旁人进入的区域外拉起了红色的绳索，数名巡查警依次散开，阻止看热闹的人并疏散车辆。

搜查一课的警车已经到达现场，看着四散的刑警们，道雄知道自己有些来迟了。通往河堤上方的台阶一侧，道雄所属的第七班指挥官川添警部正与一名小个子男性肩并肩站着对话——那应该是所辖区域的搜查课长。

道雄走下出租车，在警察手册上写下到达现场的时间，随后戴上自备的手套。他首先走向警署的车辆，向先到的同事们打招呼，并拿了现场袖章，将袖章别在上衣袖子上才进入现场。

川添警部向道雄轻轻一招手，向他走来。排成一列的本厅鉴识课课员在台阶上和警部擦肩而过，朝河堤上方走去。

道雄低下头。

“抱歉迟到了，街上很混乱。”

“葛西桥路上似乎发生了撞击事故。”

“难怪了。”

“无论去哪儿都能碰上堵车。再这样下去，警察就得坐直升机去现场了。”

川添警部动了动结实的宽下巴，如此说道。

每当和这位警部对话，道雄偶尔能感受到奇妙的气氛。两人身高基本相同，却无论如何都无法好好地面对面谈话。从两人侧面看他们对话，大概是一副不可思议的光景吧。

“听说被分尸了。”

“头部和右手，而且伤得很严重。”

课长用鼻子喷了一口气。

“八木，你先去听听第一目击者是怎么说的。她在那边。”

河堤上方蹲着一个怀抱小女孩的年轻女性。她的肩头披着一件男士外套，宽阔得似乎能把她和小女孩整个包住，身边站着的男人冷得直缩脖子，应该是外套的主人。

道雄一路小跑着上了台阶。

宽阔的河槽用地在眼前展开。漫无边际的明亮天空下，两名穿制服的巡查警和数名身穿蓝色工作服的鉴识课人员各自散开。收纳袋被放在一边。铺成十字形的人行道反射着阳光。

看见道雄走来，原先蹲着的女人站起身来，更加用力地抱紧孩子。

那是她的救命稻草。道雄心想。大人们一旦受惊，也会想要紧紧抱着什么，所以才会结婚生子。因为大众普遍认为，只要有了孩子，就有了克服一切障碍的力量。

目击者名叫河野友子，现年二十八岁。女孩名叫香织，三岁零两个月。母女俩住在附近的公寓里。

站在母女二人身边的年轻男子——站在女性身边，让他显得尤为高大——是所辖区域警署的刑警，名叫速水俊。

“让你看到了不舒服的东西。”

听到道雄的话，友子畏缩地点了点头。香织则看着陌生的道雄，露出了“这大叔是谁”的眼神。

“这里很冷。”道雄继续说道。河堤上方的风出乎意料地强劲。

“要不要下去？”

友子略显踌躇，朝速水——而非道雄——看了一眼。年轻的刑警仿佛忽然从瞌睡中清醒过来似的眨了眨眼，迅速看了看道雄，对友子说道：

“不要紧吧？”

“没事，感觉好点儿了。”

两名刑警让友子走在中间，沿着台阶往下走。速水半途被叫走，朝着警署车辆的方向奔去，留下道雄和母女二人。

在河堤下方的警车中经过了约半小时的询问，友子基本恢复了平静。

根据她的证词，头部和手腕分别从上游漂来，全装在白色的塑胶袋里。

“很像超市的塑胶袋。”友子吞了口口水，如此说着。

“您没事吧？”

友子点了点头，用手捂住了嘴。

“被卷入这种事情，真的很烦心。”

道雄略作思考。

“警方会注意保护您的隐私，但您发现尸块的事或许还是会被媒体得知。不必勉强，您有权拒绝媒体采访。若遇到困扰的事，请不要有顾虑，随时与我们联络。”

道雄递出自己的名片，友子哆哆嗦嗦地接过，放到裙子口袋里。

“请再稍微多坚持一会儿，不会占用您太多时间。稍后会有警察送您回家。”

道雄正准备走开，友子喊住了他。

“请把这个还给刚才那位刑警。”

是速水的外套。道雄接过来，感受着高级羊毛的触感。

“刚才我感觉很不好，连站都站不住，被风吹到了。那位刑警一直在我身边，怕香织受凉，就把自己的外套借给了我们。”

“好的，我会代为送还。”

还未说完，速水便走了回来。

“八木沢警官，川添警部在找您。现在可以进现场了。”

速水脸上的表情与其说是紧张，倒不如说是困惑。他的脸上清楚地写着“直接称呼对方为‘八木沢警官’是不是不太好”的不安。

道雄点了点头，将上衣还给他。坐在警车内的友子向他颔首致意。速水匆匆露齿一笑，穿上衣服。在整理好衣襟、将手探入口袋之后，他再次露出孩童般的微笑。

“差点儿忘了，这里有好东西。”说着，速水越过警车开启的车门，递给香织一样东西。

和速水一起返回河堤的途中，道雄用眼神质问他，这又引起他一阵紧张。

“那个……只是口香糖而已，不可以吗？”

“没什么，不必在意。”

速水脸上的表情明显放松下来。

“你真的很喜欢小孩。”

道雄朝台阶的方向快速走去。头顶传来直升机回旋的声音。

道雄忽然想到了什么，对速水说道：

“你跟我来。”

“什么？”

“去现场。你还没见过尸体吧？一起去。”

“但我还没有这种资格……”

“无所谓了，快来。”

4

比想象中的更残忍——这是道雄的第一印象。

速水躲在道雄背后，伸着脖子看了眼收纳袋中的尸体，随即转身向右侧逃离。他一口气跑到台阶附近，随后弯下了腰。

“那具尸体，看了真叫人愉快。”

川添警部的脸色愤怒至极，与口中的话完全相反。

道雄闭上双眼，祈祷了片刻。

他说不出话来，更没有复仇的誓言。每次都是如此，一片空白的头脑中仅镌刻上眼前所见的一切。

“找个人去告诉那‘菜鸟’怎么呕吐。”

课长如此一说，数名刑警都笑出了声。道雄走向速水，刻意提高嗓门说：

“要吐的话，到禁止入内的范围外面去吐。”

随后他又小声补充道：

“咽口唾沫，做个深呼吸，向皮带附近部位使力，不要闭眼，否则会头晕。”

速水依言行事，道雄在他背上用力一拍。

“这样最有效果。”

速水跟着道雄一起返回。他的脸色仍然泛青，双眼却睁得大大的，双手在身体两侧紧紧捏成拳头。

“头部和右手腕——只有这些吗？”

“目前看来是这样。潜水班很快就到，但希望渺茫。”

河水流速湍急。

“在验尸完成之前，被害者的推断年龄、性别、死因都不清楚。就算完成验尸，能够确定到什么程度也不好说。毕竟尸体是这种状况，我们必须尽早找到尸体的其他部分。”

乍看之下，右手腕保持着原有的形状，指甲也保留着，但上半部腐坏得相当厉害，甚至露出了皮下白骨。头部也因腐败而膨胀开来，大半的头发脱落，只有头顶部位少少的一把。

这样自然也无法通过脸部进行任何判断。眼睛和鼻子的部位变成了三个黑暗的空洞。

其中一名刑警蹲下身，触摸死者的头发。

“若是女性，便是短发；若是男性便稍微有点儿长。”

“有点儿微妙啊。最近的男性发型款式也变多了。”

道雄边说边朝速水瞥了一眼——速水的发型在刑警中也算是异类，上端较长，披下来的发丝带着卷。

“这张网是什么？”一位刑警发问。

尸体的旁边放着一张带着长手柄的网。手柄由细长的竹子打造，上面刻着“第二泉水”的字样。

附近管辖区域的搜查课长回道：

“是附近钓鱼船出租屋的东西。接到110赶来的巡警是用这个把尸体打捞上来的。”

如此说来，下游的位置确实立着钓鱼船出租屋的看板。河面上停着一艘白色的小型客船，随着流水上下摇摆，不时露出部分底部，犹如一条小型的鲸鱼。

“但是，不觉得奇怪吗？”

“哪里奇怪了？”

道雄轻触尸体的右手腕，继续说道：

“虽然尸体的腐坏程度各有不同，但伤成这样又被分尸，还是很罕见的。”

和道雄同期的伊原刑警点了点头：

“我也这么认为，违和感很强烈。”

“会不会是因为阳光？”

第七班中最年轻的久保田刑警说道。这位刑警说话的方式一直相当有气势。

“今年秋天太阳很猛，是不是高温加快了腐败的过程？”

“从分尸到抛尸之间，或许暂时保存在了什么地方。”

“若是有地方保存，还需要特意分尸吗？”

“会不会是丢到水里了才会如此？”久保田再度开口。道雄将目光投向河面，缓缓摇头。

“依照河水的流速，尸体不至于腐败到露出骨头才被发现。要么丢弃时就是如此，要么一路漂到东京湾被打捞起来才说得通。”

“也许是抛尸的时候捆了重物。”

面对久保田的强词夺理，道雄和伊原同时反问：

“分尸了还能捆重物？”

“别争了，总之先等尸检结果出来吧。”

部长示意作业班进入现场，作业班成员脱帽行礼，随即将尸体运走。二十分钟之后，刑警们也都散开了。

道雄走上河堤，正要坐入警车时，一个叫着“警察叔叔”的可爱的声音软软传来。

一开始以为对方在喊自己的道雄急忙转过头去，看到了河野母女。

香织喊的人是速水。

“谢谢你的口香糖。”小女孩的声音充满活力。

年轻刑警害羞似的小声说了句“拜拜”，并挥了挥手。道雄微微一笑，拉开车门。

案发现场的管辖警署——城东警察署内设置了临时搜查本部，会议随即展开。

城东警察署已出动了约五十名搜查员，加上机动搜查队的成员，对大范围内的可疑车辆开始排查；尸体剩余部分的搜查也随即展开。宣传报道车已经出动，考虑到随后的媒体报道规模，警署的一角特别架设了几部电话，以方便群众提供线索。

会议的内容包括搜查方针的确立、人员的配置和任务的分配。以案发现场为中心向四周辐射的搜查和搜集目击者证词这种做法，即便看上去再老套、再没有效率，但所谓的搜查，仍然只能依靠刑警们脚踏实地，运用双脚、双眼和双耳一点一点地去做。从本厅前来的第七班成员共十人，每个成员都与城东警察署搜查课的一位刑警组成搭档。道雄赶在管辖警署尚未提出异议的时候，便指名与速水搭档。坐在最后一排的速水瞬间弯了弯腰。

随后，速水又开始一边猛眨眼一边环视诸位前辈的动作。眨眼的习惯最好尽快改掉——道雄心想——这样让速水看上去战战兢兢的。

搜查课长似乎备感意外地挑了挑眉毛。

“速水是我们这里最年轻的，头一次担任杀人事件的搜查工作。他刚来没多久，对管理范围内的地形都不熟悉。”

道雄摇了摇头。

“我是这里土生土长的，对地形很熟悉。请让我和精力充沛的年轻人组合。”

“八木沢君有自己指名的习惯。”川添警部笑了出来。再一看，速水露出了被老师盯上的、小学生般的神情。

在决定了定期联络的时刻、全体刑警对过表之后，会议宣告结束。速水在会议室外追上道雄。

“非常感谢您。”

“请多关照。”

“请问……您是否从一开始就想指定我为搭档，才特意让我在现场看了尸体？”

“就是这样。”

速水的声音变得更小。

“当时我实在不像样，真是对不起。”

“每个人一开始都那样。署里那些现在很了不起的刑警，在第一次面对尸体的时候，吓得当场昏倒的也大有人在。”

走出警署的正门，西斜的阳光直接照到两人的脸上。

“走路去吧。这附近禁止停车的地方连成片，开车反而不方便。”

道雄打头，速水像要隐藏自己的身高似的，缩着身体跟在后面。

“以前，我听说过这句话。”

“什么？”

“见过尸体之后，必须将被害者的遗憾牢牢记住。”

“刑警中也有这样一类人。”

道雄微微一笑。

“我可从来没这样想过。”

“那您会想些什么？”

“什么都不想，也不会说出必须了解被害者的话来。但必须做好与被害者面对面的准备。”

“与被害者面对面的准备……”

道雄停下脚步，轻轻戳了戳速水的手肘部位。他本想用力拍拍他的肩膀，但碍于对方的身高，只得作罢。

“不要在意，让你去看尸体并非为了测试你。”

速水又开始猛眨眼。

“为什么会选中我？”

“老实说，因为你很温柔。这个理由行吗？”

速水踌躇了片刻才点头：“明白了。”

“那好，出发。今晚要熬通宵，做好思想准备。”

5

在送父亲出门之后没多久，花婶也告辞回家了，顺独自留在了家中。

以父子两人的家庭来说，现在的房子有些空旷。孤零零地待在装有壁龛的房间中，顺偶尔会产生自己变成了座敷童子的感觉。

顺睡在榻榻米上，头顶上方传来隆隆的声响。好吵啊——顺边想边抬头往窗外看去，只见一架涂着金丝雀般鲜黄颜色的直升机朝荒川的方向飞去。顺目送这架直升机远去，随即看到了另一架。

顺忽然想到了什么，急忙打开电视。他找到新闻台——果然如此。荒川那里发现了被害者尸体的一部分。

短时间内，爸爸没办法按时回家了。

道雄的身影在电视上短暂地出现了一次。他的手揣在口袋里，低头朝河堤下方走去。

看上去好小。顺心想。

顺曾经听说，许多电视明星都因“电视上看到的样子比实际模样来得胖”，从而进行严格的减肥。回想起来，顺在现实中看到的偶像，全都瘦得让人心疼。

但反过来说，也有人上了电视之后，反而看上去比实际的样子小——顺如此想着。这类代表人物就是棒球选手和刑警。

棒球选手因为体内爆发的魄力无法用电视这种二次元媒体全盘捕捉；而刑警，则是因为完全不会在报道好消息的新闻中出现。

出现在电视上的刑警背影都散发着这样的讯息：我们本不该出现在这里，也根本不想出现，但又有事件发生，所以才不得不出现在这种地方。

顺忽然又想起了和自己分开的母亲——幸惠。

关于父母离婚的真正理由，顺有一些不理解的地方。站在“孩子”的角度，有些事实是他所看不见的。

幸惠常常挂在嘴边的话是：

——刑警这份工作，必须看尽世间阴暗、脏污的一面。但你爸爸却把刑警当作自己的天职。

——我累坏了，再也不想看到、听到那些事情。

面向天花板平躺在地，顺开始想母亲现在怎么样了。

幸惠半个月之前再婚。再婚对象是妇产科医生，比道雄年轻许多。对方的前任妻子过世，有一个比顺年龄小的女儿。

正因如此，顺才留在了亲生父亲身边。如何与继父相处已经很头痛了，突然又多出一个妹妹就更加麻烦了。并且，幸惠已经拥有了全新的家庭，却让道雄孤单一人，想想就觉得不公平。

顺随意躺在榻榻米上，意识开始迷糊时，玄关处传来喊声。

“你好。”

用“你好”的省略形式说话的，除了后藤慎吾没有第二个人。顺保持着躺倒的姿态，对门口喊了一声：

“我在，进来吧。”

“打扰了。”

随着一阵巨大的脚步声，慎吾踏入和式客厅。头发近乎全部剃光的脑袋上罩着运动服的兜帽，运动服上印着帅气的字母。慎吾是顺转学后的第一个朋友，柔道部成员。

“哦，你老爸果然不在家。”

对慎吾而言，八木沢家和自己家没有区别。只见他大大咧咧地盘腿坐下。

“没错，你看新闻了？”

“看了看了，实在太惨了。不过你老爸看上去太帅了。碰到这种事件，刑警不是会一边戴上白手套一边说‘辛苦了’，然后进入现场吗？巡警会回复‘八木沢警部，这边请’，还会敬礼吧。”

“谁知道呢，我又没见过。”

顺呼出一口气。

“而且，我爸不是警部，只是刑警。”

“刑警啊，在升级测试中会说‘我要一生待在案发现场’的人物吧，还是很帅。”

慎吾看了太多的刑警连续剧。在刚得知顺是刑警的孩子时，他开口便问：

“你见过你老爸在家保养枪支吗？”随后的第二句话则是，“我也好想做刑警。”

说来很奇妙。慎吾的家族经营着都内屈指可数的大型木材厂，全家六口人住在全镇——不，恐怕是全区内最大的宅邸中。

——在浴室里滑了一跤，扭伤了。

——太冒失了，柔道部的活动怎么办。

——全怪那个笨老爸，选了桧木的浴缸，也难怪会滑倒。

后藤家就是如此气派。对此，顺不由得仰天长叹。

而那个选择桧木打造浴缸、被自己的儿子说成笨蛋的父亲——后藤吾郎是这个小镇的会长，也是小镇的活字招牌。对了——顺想到了什么，赶紧坐直身体。

“小慎，你听说了吗？我还没告诉爸爸，最近这附近有奇怪的传闻。”

“什么传闻？”

听了顺的说明，慎吾忽然沉下脸。

“原来是这个。”

“你早知道了？”

“老掉牙的话题了。我家老爸关照我，这些话不能拿出去说。那座房子里住的可是了不起的人。因为这些传闻，我家老爸和篠田老先生大吵了一架，老先生大吼着什么‘我可不想被卷入这种话题’，气得差点儿失去理智。他住在那里是保密的，可不能随便乱说……”

顺用稳重的口吻打断慎吾的话。

“你已经说出来了。”

慎吾猛然闭上嘴，脸色变得很难看。

“老妈经常这么说我：你将来想要有出息的话，嘴巴必须变得和体重一样牢靠。”

“只要小慎决定守口如瓶，将来一定有出息。而且，我也是听花婶说的，这些话好像都已经传遍了。”

哦——慎吾鼓起原本就圆滚滚的脸颊。

“什么嘛。这样我就不会挨老爸的骂了。”

顺走到厨房，从冰箱里拿出两罐冰可乐又走回来。关于可乐，花婶斩钉截铁地给顺下了规定："小少爷，可乐一星期只能喝一罐，多了不行。"

"想用可乐收买我吗，刑警之子？"

"想吐的话到天井那边去吐。"

"真好啊，我也要做刑警！"

慎吾喝着可乐，继续话题。

大约从半个月之前，后藤家从各种场合听到了上述的传闻。正确地说，根本不是"听到"，而是"如雷贯耳"的怒吼。

"那座房子的主人是个叫筱田东吾的老爷子。平常老爷子一个人住，跑到我家来怒吼的人好像是他的秘书，名字听起来很像忍者头领。"

"忍者头领……"

慎吾想了半天，才想出对方姓"才贺"。

"听上去哪里像忍者了？"

"但他很像动作时代剧中会出现的那种人哦。头发稍微有点儿发白，肩头的肌肉却隆得老高。个子虽然不太高，但看得出他经常锻炼。"

"看上去多大年龄？"

"大概五十出头，我家老爸之后这么说过。"

名叫才贺的男人，为了传闻中的"筱田家埋葬了被害的女性"跑到小镇会长家抗议。反过来说，截至对方上门抗议时，传闻早已传遍了整个小镇。

“但我们全家真的是第一次听说这个，全都吓了一跳呢。”

我们不希望流言传开。不，应该说，我们根本没听说过——经过如此一番争论，才贺当天扬长而去。而在次日，筱田东吾跟着才贺一起出现在后藤家。

此时此刻，后藤一家人终于掌握了全部的事态。

“筱田先生应该……七十多岁了吧。我在那天头一次见到他，他是个小个子的老爷爷，但声音很大，态度也很强硬。”

筱田说明了流言的内容，并强硬地说流言乃“一派胡言”，并要求小镇会长对如何处置这个问题必须“给个搅呆”。

“应该是‘给个交代’吧？”

“对对，总之，最后差点儿动手，我家老爸也火冒三丈，简直气得不得了。”

“就算后藤先生是会长，流言也不在他的责任范围吧？筱田先生怎么会对你们吼？”

慎吾用鼻子“哼”了一声。

“这个嘛，知道住在那里的是筱田，以及他的真实身份的，只有我们家。”

每年一度，小镇会举办“居民调查”。每家需要在特定的纸上填写家庭成员以及每个成员的年龄、职业，汇总到会长手里。

“以前不会做这些事，但这几年在附近进进出出的人多了，不这样做无法了解居民的情况。”

镇内活动、轮流掌管的事物、轮值、操持儿童聚会和老年聚会等，这些活动在镇内公寓数量大幅膨胀的当下，没有名册的确无法顺利开展。

自然，填写资料并非强制性的。确实有人讨厌填写这类表格，但镇内的轮值算是这种制度的奖励政策，因此后藤会长写了一张保证书随表格一起奉上，保证“在未经本人允许的情况下，居民的资料绝不会外泄”，收到保证书的大部分居民会予以配合。并且，在职业栏里只需笼统地写上“公司员工”之类的字样就行。学生便直接填写“学生”，连学校名称也无须填写。

在搬到小镇之后，道雄和顺也提交了表格。道雄在职业栏写上了“公务员”，并向后藤会长口头交代了自己的真实职业。

“后藤先生值得信赖。”事后，道雄如此说。

正因如此，慎吾知道了顺是“刑警的孩子”。但有其他人在场时，慎吾从未说漏嘴，因此顺认为，慎吾绝非自己所形容的“嘴巴不牢靠”。

“一年多以前吧，筱田先生在河岸边买了那块地、开始造房子的时候，我们也送了表格到他那里。刚开始他就没给我们好脸色，不过那也没办法。没过多久，对方主动提出让我们绝对保密，随后提交了表格。那老爷子还说，‘今后说不定也要相互关照的嘛。我讨厌媒体，没有对外公开自己住在这里，总之请多关照’之类的话。”

筱田和道雄一样，相信后藤会长的人品。顺心想。

然而……

“筱田先生到底是什么人？独自住在独栋的房子里也很奇怪啊。”

慎吾目不转睛地看着顺。顺做了个把嘴巴缝上的手势。

“我相信你，小顺的嘴巴比石头还牢。”

慎吾压低声音。

“筱田东吾是个知名画家。”

“画画的啊。”

“没错。就是那个，怎么说来着？画一些竹子啊、麻雀什么的，挂在和式房间里的那种。”

是挂轴。

“是水墨画吧，原来画的是日本画。”

“对对，好像很有名。听说外国人也会搜集筱田先生的画。”

真是了不起。顺心想。

“这么了不起的人为什么要住在这里？”

若是想要独立的画室，其他很多地方比这个小镇更合适。

“不知道，可能只是个人兴趣。”

慎吾淡淡地说着，伸长了腿。

"总之我老爸也发火了，对筱田老爷子大吼'肯定是哪个笨蛋胡编乱造的，您太固执了，干脆去找警察好了'。"

慎吾用和他那巨大的体形完全不符的可爱表情叹了口气。

"我老爸也去筱田家看过了，压根儿没有任何奇怪的东西。有才怪了，谁会在我们这种小镇搞出'蜡像馆'之类的东西来嘛。"

正因如此，从常识角度来说的确没错。但如此有鼻子有眼的传闻四处流传才更让人感到害怕。

警察……是吗。

"其实，我家花婶很担心，认为应该把这些事告诉我爸爸。"

顺在榻榻米上翻了个身。

"既然对方是名人，更应该告诉他了……"

"筱田先生和才贺秘书都很担心，传闻会不会流传到媒体耳朵里。"

这是当然的。

"也有可能是和筱田先生关系不好的同行做的吧。"

"有这个可能。"慎吾说着，忽然眼睛一亮。

"我说，刑警之子，我们一起调查看看？"

"调查什么？"

"当然是调查流言产生的原因啊。调查是谁在造谣，不是很有趣吗？筱田老爷子可是跑到我家去大吼大叫呢，真没意思。”

“不行不行。”顺抬头望向天花板，并摇了摇手，“真这样做了，我会被爸爸打飞的。”

“是吗？但无所谓吧。”

慎吾不负责地胡说道。顺坐起身来。

“听你刚才的话，小慎家似乎对筱田先生不怎么关注。是因为他太吵了吗？”

“这也是一个理由。”

“还有其他理由？”

顺不假思索地随口问道。

慎吾若无其事地回答：

“那个老爷子从不支付会费嘛。”

顺“扑通”一声倒回榻榻米上。

“你这么一说，调查的欲望彻底没有了。”

“搞什么嘛。”

是夜。

钻入被窝的顺听到远远的地方传来邮箱的轻微响动声。

他的听觉很灵敏，睡眠也很浅。这些特质应该遗传自父亲，自从需要独自在家过夜的日子增加，这方面的特质越发明显。

怎么办呢……顺心里想着好麻烦，眼睛却不自觉地睁开。

顺爬下床，朝玄关走去。下楼梯时他顺便瞥了眼厨房里的时钟——时间刚过半夜一点。

拉开玄关的拉门，一股冷气扑来，顺的身体开始发抖。

涂成红色的邮箱内露出某样白色的东西。顺用手指捏住白色物体的一角，稍稍向外一抽，发现是个信封。

慎重起见，他走回屋内，拿了放在浴室里的塑胶手套再度返回邮箱旁。若是慎吾看到了，也许会说“不愧是刑警之子”。

“BA MU ZE DAO XIONG QIN QI”，信封上有疑似用万能笔写的字迹。是某种棱角奇妙的笔迹。

信封上没写这里的地址，也没有邮票和印章。是谁直接投递到这里的呢？

顺将信封翻转过来，反面一片空白。是封匿名信。

顺略踌躇了片刻，随即拆开信封。手套妨碍了他的动作，拆个信都好辛苦。

里面只塞了一张便笺纸。同样的万能笔用同样的笔迹，只写了那么一句——

“XIAO TIAN DONG WU SHI SHA REN FAN”。

顺四下回顾。附近没有任何人，连个人影都看不见。

无论如何提问，夜晚也不会给出任何答复。

02

犯罪声明

1

次日，顺在到学校后立刻抓住慎吾。

“等下我跟你说的话不许告诉第三个人，能做到吗？”

“我说你啊，这样做太见外了。”

听完情况说明后，慎吾眯成缝的眼睛立刻睁大。

“终于出现会做这种事的浑蛋了啊。”

两人身处人声嘈杂的教室，为了密谈而压低声音，连坐姿都是特定的姿态。

“你打算怎么办？告诉你老爸？”

顺摇了摇头。

“也许到最后不得不这样做，但以爸爸目前的状态，最好不要牵扯进来。”

“可以理解，嗯。”

“在告诉他之前，应该尽可能搜集材料。所以我想自己稍微调查一下。”

慎吾拍了拍自己不胖不瘦、属于标准体态范畴内的膝盖。

“你终于鼓起干劲儿了。那好，我们两个一起——”

刚说到这，上课铃响了。同学们口中仍然喋喋不休，却也换上了一脸认真的神情，纷纷回到了自己的座位。慎吾一声叹息。

“啊，我们如果是大学生就好了。”

“为什么这么说？”

“如果是大学生，碰到这种情况就能淡定地逃课了。好不容易逮到搜查的机会，却要先上完课，义务教育真麻烦。”

为了调查日本画家——筱田东吾的公开资料，两人在午休时间前往图书馆。

慎吾一脸不满。

“刑警首先应该去现场，我们竟然先跑到无聊的图书馆。”

顺在标注“美术”的书架前回话：

“搜查本来就是很无聊的事。”

“我比较喜欢华丽的东西。”

“小慎，你有没有看过《总统班底》这部电影？”

“那是啥啊？”

“根据水门事件揭发人——《华盛顿邮报》的记者自传改编的电影。主演是罗伯特·雷德福和达斯汀·霍夫曼。电影里有一个情节，某人为了调查某个资料是否被借阅过，调查了整整一个图书馆的借阅卡片呢，很帅吧。”

“从身高来看，你肯定是霍夫曼。”

慎吾走到顺的身边，边测量两人的身高边说。

“这个无所谓了。”

现代名人辞典、美术方面的年鉴……调查了书架上的所有书目，却没发现“筱田东吾”的名字，也找不到他的画集。

以公立中学图书馆的预算，购买不了高价位的画集可以理解；但现代美术的相关书籍中也没有录入“筱田东吾”又是怎么回事？

“小慎，你不是说筱田先生是个知名画家吗？”

慎吾坐在阅览的长条桌前，不停摇晃着结实的双腿。

“因为那老爷子超有钱，明信片那么大的一张画就能卖出好几十万，我老爸都惊呆了。”

顺皱了皱眉头。既然如此，为什么找不到他的名字？

“还是去打探一下吧。”

“打探？”

“教美术的三坂老师。”

三坂是今年才来的年轻女教师，午休时间总是在美术教室最深处的准备室内画画。

看到两名学生来了，女教师露出了略吃惊的表情。对方的举手投足间还带着女大学生的感觉，说话间不时用手抚摸自己的长发。

“筱田东吾……”

“老师知道这个人吗？”

“当然知道。”说着，三坂老师从画架前站起，走到墙边的小书架前取出一本杂志，递到顺的手里。

《近代美术 特别增刊号》——封面上用大号的字体印刷着“描绘现代的百名画家”几个字。

“人名是用发音顺序排列的，很快便能找到筱田。”

如三坂老师所言，顺很快找到了相关条目。

“你们怎么会对他感兴趣？八木沢同学和后藤同学看上去都不是喜欢美术的类型。”

“有些事，我们必须尽快搞清楚。”

“为什么？”

“这家伙在暗恋美术部的一个女孩子。”

慎吾又开始满嘴跑火车。顺开始看杂志。

文章的标题是《日本画坛之异端 异色之作风》。

筱田东吾，本名筱田四郎，“筱田东吾”为其雅号。从出生年月来推算，今年七十二岁。

“筱田东吾出生于东京墨田区，是当地一个泥瓦匠家庭的第四个儿子。从当时的普通高等小学毕业后，筱田随即开始帮忙从事家庭产业。某日，筱田氏被带往当年日本画坛的重镇——已故××氏的画室进行改装工程，这成为其对日本画产生兴趣的契机。

“筱田氏时年三十六岁。在此之后，筱田氏在××氏的指导下开始绘画，在四十五岁那年，以大作《火炎》被画坛承认，成为大器晚成的画家。《火炎》采用水墨画的手法，堪称异色作品，描绘了昭和二十年三月十日东京大空袭之时，筱田氏成长的本所地区周边遭袭的惨况。

“然而，筱田氏并非科班出身，其作风向来游离于日本画的外围；且《火炎》发表后没多久，其恩师××氏忽然辞世，尽管拥有部分狂热的支持者，筱田氏却在之后相当漫长的一段时间中，保持被画坛置之不理的状态。

“昭和五十五年，筱田氏发表连作《河川风景》，为其事业的严冬时期画上终止符。《河川风景》在同年年初国际美术交流协会举办的展览会上展出，受到展览会特别评委——受邀前来日本的现代超现实主义巨匠——××氏的赞赏，从而荣获大奖，‘Tougo Sinoda’一举成名。截至目前，筱田氏的作品拥有诸多的海外收藏者。

“筱田氏嗜好描绘达摩，因此拥有‘达摩东吾’的称谓；同时，又因其在气质方面拥有‘短兵相接’的特质，从而自称‘喧哗东吾’。”

文章旁有一张《火炎》的照片。

照片只有明信片那么大，其中透出的异样压迫感却不容小觑。因为是水墨画，整幅作品不见半点儿红色调，却清晰地将烧焦东京的烈焰狂猛地展现出来。

画中的世界没有色彩。城镇和人们，所有的色泽都燃烧殆尽，放眼望去，我所能看到的一切皆为暗黑——画作诉说着如此的话语。

一座达摩像出现在画作之中——在画的左下角。倒塌的房屋遭遇祝融之灾，火光之中有一具歪斜的达摩像。达摩带着因愤怒而睁大的双眼和歪斜的嘴角，注视着东逃西窜的人们。

“你们觉得怎么样？”

三坂老师的话让顺猛然回神。

“好厉害。”

在搬来下町的时候，道雄曾经讲过东京大空袭的往事。道雄也是从自己的父母——顺已经过世的祖父母那里听来的。

——以平均值来说，一平方米内有两颗炸弹落下。

——从爸爸的老家，墨田区的绿町那里，据说可以一眼望到日本桥附近呢。一路上被烧得寸草不生，没有留下任何遮挡的东西。

当时的顺对此没有任何感想。不管怎么说都是四十多年前的事了。

“你看过《帝都大战》这部电影吗？”

顺摇了摇头，但他对标题有印象。

“去看看吧，里面有东京大空袭的镜头呢。我对那场大战没有任何常识，但在观影的时候，一直在叫‘好厉害、好厉害’。之后在家又看了某本画集中登载的《火炎》，发觉还是这幅画比较厉害。筱田先生就是这样的画家。”

“三坂老师喜欢筱田东吾？”

一脸无聊的慎吾问道。

老师微微一笑。

“是啊，很喜欢。老师很尊敬他。看了他的作品后，我也想学习绘画了。”

“既然是这么了不起的画家，为什么图书馆的资料中找不到他？”

听到顺的疑问，三坂老师略微一抿嘴，看上去更像女大学生了。

“问得好。听上去确实很奇怪，但筱田东吾在现在的日本画坛等同于不存在。”

“筱田先生的画不是卖得很贵吗？”

“不要把他作品的商业价值和艺术性分开讨论。”

顺和慎吾彼此对望一眼。

“为什么？”

“他并非正统派，比较特立独行。日本人有很深的舶来文化情结，即便之前默默无闻，只要在海外受到好评，国内的身价也会忽然拔高，但那个人例外。”

三坂老师“扑哧”一笑。

“筱田本人的人品如此，而且还发生过对评论家大打出手的情况。他容易过激，树敌颇多。”

果然是“喧哗东吾”啊。顺把这个称呼牢牢记住。这点必须留意。

他提出最后一个问题：

“老师，您知道筱田东吾住哪儿吗？”

三坂老师歪了歪头。

“不知道……那个人身上的谜题太多。他不太出现在媒体上，应该算是个谜之画家吧。说不定住在某个安静的乡下。”

他就住在学校附近哦——顺差点儿脱口而出，但看到慎吾可怕的脸色他便放弃了。

不管再怎么说，小慎还是牢牢遵守了他父亲的嘱咐嘛。

“非常感谢您。”

归还了杂志、走回教室时，下午课程开始的铃声响起。顺和慎吾并肩跑回教室，同时心里想着：好想看看《火炎》的原画。

2

与此同时，道雄和速水正在一座名叫“小宇宙东大岛”的公寓里，其位置在发现碎尸现场的北端，距离约两千米。

“小宇宙东大岛”背对荒川的河堤而建，是一栋七层楼的公寓里。一楼只有停车场、入口和管理员的房间，是所谓的商住两用型。

两人之所以会来这里，是因有人来电通报说，看到这里的管理员在前一天早晨往荒川中丢了几袋东西。

管理员与道雄同龄，却是个容易慌张的男人。对话过程中，对方的脚尖和眼光不时乱动。

“你往河里丢了些什么东西？”

“什么都没丢。看错了吧，太无礼了。”

管理员赌气般地说着。道雄合上警察手账，跟对方说：

“那么，能麻烦您跟我们回一趟警署吗？我们会仔细调查到底是谁看错了。”

带他走——道雄如此关照速水。管理员恨恨地用鼻子“哼”了一声，慌忙开口：

“好了，我说就是了。我确实往河里丢了东西，不知是谁丢在停车场的手提袋啦。”

道雄皱起眉头。速水则一脸惊讶。

“为什么这么做？这可是违法抛弃。”道雄和速水不解。

管理员的鼻翼瞬间撑大一圈。

“我也不想这么做，但没有其他法子。”

根据管理员所言，在他昨日清晨打扫公寓四周的时候，闻到一股异味。他找了一圈之后，在停车场一角发现了被丢弃的纸质手提袋。

“简直受不了，这里的住户也是，不管是垃圾还是不要的东西，想什么时候扔就什么时候扔，想往哪儿扔就往哪儿扔，他们总觉得我会给他们善后。这里丢生活垃圾的时间是每周一三五，其他日子住户也会偷偷摸摸地乱丢，我也是没办法。如果丢着不管，他们还反过来说我工作没做好呢。”

管理员简直怒气冲天。

“生活垃圾？那些手提袋里都是生活垃圾？”

“我虽没打开确认，但味道很冲。大致也能猜到是什么，之前也发生过类似的事，有人偷偷饲养的猫死了，就随便往袋子里一塞，你猜丢到哪儿去了？居然直接放在管理员办公室的门口，简直无法无天……”

说到一半，管理员忽然保持半张嘴的模样。

“警察先生，难道你以为我丢掉的是新闻里说的碎尸……”

道雄正是如此认为的。

“你没确认过袋子里的东西吧？”

“也不是，我很快地瞥了一眼。两个白色塑胶袋都是很常见的那种——总之臭得要死。”

“东西被丢在停车场角落，但只要有心，外人也能进入停车场的，是吧？”

“没错，谁让这里是商住两用呢。偶尔也有人跑进来在车上乱画，真是头大。”

“塑胶袋上的花纹是什么样的？”

管理员说了市中心某家有名百货商场的名称。

“就是那家的购物袋，防水性能不错。”

在道雄询问管理员之后约一个小时，潜水班在发现碎尸的第一现场下游找到了一个该商场的购物袋。经管理员确认，的确是他丢下河川的。购物袋上仍残留着微弱的异味。

在被丢入河川之后，尸体的头部和手腕从购物袋中掉出，分别往下游漂去。

这种做法感觉很怪。道雄如此思忖。

犯人究竟出于什么样的目的，才将尸体抛弃在“小宇宙东大岛”公寓的停车场呢。对方所期待的，绝对不是管理员会将遗弃物偷偷丢入河川。如果是这样，不如自己抛尸更快一些。

“如果犯人住在那栋公寓里，应该会丢到更远的地方。”

“嗯……”

无论如何，必须加强对该公寓住户及附近的搜查工作。道雄与总部联络，拜托对方调配人员之后，与速水继续展开调查。他们才调查了半小时左右，总部就又来电话了。

速水接了电话。随后，他带着一张紧绷的脸回到道雄身边。

“受害人的身份确认了？”

“这倒没有。”速水的尾音微微带着颤抖，“搜查本部收到了疑似犯人发来的犯罪声明。”

道雄双目睁大，立刻停下脚步。

“不光如此，对方还说出了尸体其余部分所在的位置。”

3

疑似犯人选择了快递，邮戳是东京中央邮政局。日期显示为昨日，具体时间因印戳变淡而看不清。邮件走的并非普通的配送途径，从信封来看，是邮局员工直接送来的。

信封上写着“HUANG CHUAN SUI SHI SOU CHA ZONG BU SHOU”。就连警署地址也全部用读音书写。

本部会议室内拥挤不堪，空气中的激愤瞬间高了八度，成为不和谐的音符。

挑战信，挑战信，居然是挑战信。

站在黑板前的川添警部的下颚明显变得僵硬。

“正本正在进行鉴定，诸位请传阅一下手中的复印件。”

复印文件在诸刑警之间传阅。警部把带轮子的黑板整个转了一面。

“以下是内容。”

“NI MEN ZHAO DAO SUI SHI LE

JIE XIA QU ZAI RI CHU QI CHE DE FEI QI CHE LIANG LI MIAN”

“如各位所见，原文用读音分行书写。初步判断，是用水性签名笔手写的。信封为规格固定的竖排型，纸质上等。里面的便笺纸与信封质量相同，应该是成套购买的商品。便笺纸为白纸，没有画线，左上方有标记页数的银色线条栏，出产商暂时不明。”

在警部快速说明期间，道雄将挑战信内容读了三遍。提问的声音从各处飞向警部。

会议室房门打开，该警局的所属刑警快步走入，手上捧着一沓新的复印用纸，被心急火燎的警部一把抢过。

“总之，这里是市内二十三区内所有名称里有‘RI CHU QI CHE’的商铺清单。清单做得很匆忙，各位请在自己的管辖范围内确认是否还有清单上没有的符合商铺。‘FEI QI CHE’也有多种解释。‘RI CHU QI CHE’内的所有车辆都要彻底调查。”

会议室内全体刑警一起行动起来。

清单上的“RI CHU QI CHE”共十六家，其中五家为同一经营者所开的不同分店。

道雄和速水负责调查江户川区和葛饰区的两家。在道雄的指挥下，十名搜查员首先前往江户川区的商铺。

这家商铺的正确名称为“日出发动机”，是家销售汽车轮胎、装饰、空调等物品的小店。所有车辆也只有车头镶了店铺名称的一辆厢式货车，以及顾客委托该店更换座位、车牌开头为品川的轿车一辆而已，并没有任何废弃车辆。店铺内侧有一个月租型的停车场，由店主的双亲经营，目前没停放任何车辆。

搜查花了两个小时。根据年约三旬的店主讲述，出入该店的全部是老顾客。

“这里的常客都骑摩托车，以前我也是暴走族成员。”

葛饰区的商铺名为“日出汽车修理厂”，地处面对铁路的拐角处。路上竖着一块锈迹斑斑的大型看板，上书“廉价车检”。

经营者是与道雄年龄相仿的肥胖男子，在得知来者是警察后惊慌失措的女员工大声喊起来，对方带着一身油渍，从工厂一角停放的银白色奔驰下钻出来。发际线明显后移的光秃额头上也沾了黑色的机油。

“这里不可能有那种东西。不过既然是上头的命令就没办法了。”

“感谢您的协助。”

工厂很大，光寄存的车子就有十六辆。每个角落都打扫得很干净，墙上贴着“完成工作后莫忘检查道具箱”的大标语。

“这里到了晚上会锁门吧？”

“这个自然。我们这里有很多高级车。之前发生过专偷汽车轮毂罩的事，搞得一团糟。”

“还有其他放置车辆的地方吗？”

“只有这里。”

“废弃车辆呢？”

经营者摇了摇肥硕的头颅。

“没有。”

当然，道雄他们没找到任何尸体。

工厂旁有一块与厂房相连的场地，用来放器材，其中一角做员工的停车场。场地四周没有围栏，也打扫得相当干净，并没有废弃的车辆。

看来，这里的搜查也以徒劳无功收场。其他搜查组也未通过无线电传来好消息。到了这个时间点，全体刑警共搜查了十二个地点。

难道不在二十三区之内吗？道雄心想。

或许挑战信是假的？

道雄站在搜查车一侧，边注视着来回走动的速水等人边留心听无线电的消息，却注意到稍远的距离之外，一个年轻人正兴致勃勃地观察着警方。

对方上身穿装饰了大头钉的皮夹克和T恤，下身穿一条破破烂烂的牛仔裤。他的头发很长，头顶染成金色的毛发根根竖立。

经营者漫不经心地瞥了一眼，说道：

“那是我家的败家子。”

“令郎有车吗？”

“他才十七岁。年满十八才能申领驾照。他再这么东游西荡下去，我就无颜面对祖先了。”

不知为何，道雄心中阵阵刺痛。他变得很担忧。

从前在其他事件中，他接触过类似的年轻人。对方组了一个摇滚乐团，经常开着看似通过了车检的破烂中古车到处走。

——乐器太烧钱，这车比新车炫多了。

“我说，你。”

听到喊声，年轻人将目光转向道雄。不知为何，他的眼神会让人联想到蜥蜴。

“你也玩摇滚吧？”

年轻人犹豫了一下，用特蠢的方式回答：

“是重金属啦。”

“自己组乐队了吗？”

对方闭口不言。

经营者焦躁地说：

“虽然是个蠢儿子，但他和这事没关系。”

“我明白。只想向他打听一下车子的事。”

道雄重新关注起年轻人。

“乐队中的某人是不是有车？”

年轻人匆匆瞄了眼父亲阴沉的脸色，回答道：

“有的啦。我们去Live的时候需要。”

什么样的车——还没问出口，经营者便拔高了嗓门大叫：

“你们还开着那辆破车到处跑？！”

道雄向前迈出一步。

“那辆车最近有停在这附近吗？”

“有啦。前天晚上。”

“你居然把那种不知廉耻的破车停到我们车库里？！”经营者开始怒吼。

“不是车库啦，在里面的停车场，才停了一晚！小林那家伙喝了啤酒，只能停这里。”

道雄一把抓住年轻人的手腕。

“那辆车现在在哪儿？”

十分钟后，道雄来到了距离“日出汽车修理厂”约两公里的“小林金属板涂饰店”。那辆出现在修理厂父子口中的破车属于该店老板十九岁的长子，此刻正停放在车库中。车子在今天一大早便从“日出汽车”的停车场驶出（那家老爹很烦的），随后一直停放在自家车库。

“自动车窗坏了，后面的窗户一直半开半关的。”

所以可能被人看成“废弃车辆”；所以也能够从后车窗往车里丢东西。

“是有点儿怪味，但那是常有的事了。”

后座下方放着一个不起眼儿的白色塑胶袋，滚到了稍不留神便会看漏的位置。

袋子中露出腐败的左小腿，以及……

“找到了！”

道雄对着无线电报告。开始查案以来，他头一次感受到背部传来的战栗感。

“发现了第二个头部。”

有那么一瞬，无线电的另一头沉默下来。

“被害者不止一人！”

4

在决定搜查谣言的出处时，顺和慎吾都忘了一件最重要的事。

他们两个都是学生，除了上课还有部门活动。慎吾在柔道部，顺在手球部。并且，一年级新生严禁偷懒懈怠。

热身、跑步，然后不停捡球。精神稍有不集中，便会被前辈一顿训斥。顺追着球跑到校园一角，从柔道部教室开放的窗口正巧看到带着一脸无趣的表情、不停叠放榻榻米的慎吾。

“我们简直是没有自由的刑警。”

下午五点过后，顺和满嘴牢骚的慎吾肩并肩回家时，已经被磨得没有半分力气了。

“但小慎，还有东西等着我们回去调查。”

“什么啊？”

“送到我家的匿名信啊。那不是从邮局送来的，不知谁偷偷塞到我家邮箱。不管那人是谁，都知道我家的住址和我爸爸的工作。”

慎吾摆出大大咧咧的表情。

“如果是这样，那我们下町所有的人都……”

“没有那么多。从表面看，爸爸只是‘公务员’而已。”

这条规则在八木沢家被彻底执行。关于道雄的真实身份，绝对不许贸然说出口。

慎吾忽然停下脚步。顺转头看他，细长的眼睛中满是镇定。

“怎么了？”

“什么意思？你是在怀疑我家吗？”

顺吃了一惊，有点儿想笑，但不能笑出来，除非想吵架。若真的吵起来，他们就没有胜算了。

“我说你啊，冷静下来仔细想想。如果真是小慎家的某个人留意到筱田先生的谣言，根本不需要写什么匿名信，直接找我爸爸商量就行啦。你们都知道我爸是刑警。”

前一刻仿佛被什么东西附体般的神情从慎吾脸上退去。

“啊，对哦。是这样没错。”

顺偷偷松了口气。好危险，今后得小心。

“所以小慎一开始就被排除在怀疑对象之外啦。需要留意的是其他有机会打听到我爸真实身份的人，也许是偷偷听到的。”

“在我家偷听到的？有可能吗？”

慎吾保持张嘴的模样不吭声了。片刻过后，他忽然一拍头。

“还真的有！”

“什么时候？”

“筱田先生和才贺先生第二次来我家的时候。那次不是吵起来了吗？就是那次，他们出了门还吵个没完，附近的人都跑来围观。每个人的嗓门都很大。”

能够想象得出来。

“我家老爸当时不小心说漏了嘴。‘既然吵着叫警察，那就去找巡警或其他警察啊！住三町的八木沢先生是刑警，干脆我直接去找他商量好了！’之类的。”

有了后藤会长的怒吼，根本不再需要扩音喇叭。

“就是这个。先确认当时围观的都有些什么人。我让花婶去打听一下，她也许能帮上忙。”

回家一看，花婶和平常一样，准备好了晚餐后等待顺回来。花婶的下班时间是下午四点半，但她每天都会待到顺回家为止。

——正在长身体的孩子放学后，大人应该在回应“你回来了”之后立刻拿点儿吃的给孩子填肚子。

这是花婶的信念。

一开始，道雄和顺都对花婶的额外付出诚惶诚恐。在听了花婶的解释之后，这种感觉才消退。

花婶目前与长子夫妻和三个孙辈住一起，住在离八木沢家两站地之外的地方。家中的一切都由媳妇操持，完全没有花婶的用武之地。

“但我的权力欲还没完全消退。在你们家做事，可以充分感受统合指挥权的感觉哦。”

“那，花婶来我家会很开心？”

“这个嘛，应该不算是管理家庭那样的感觉吧。”

“那加油哦，提督！”

“提督？！那小少爷不就是副官吗？”

提督仔细观察副官的脸色。

“到底怎么了？”在质问中，顺确认了下保管在塑胶袋中的匿名信，向花婶说明情况。

花婶面露难色。

顺喝着放在洗碗池旁边的牛奶，继续说道：

“花婶说得没错，应该和爸爸商量一下。但没头没脑地把匿名信交给警察也不好，对方是名人，还特别会吵架。而且爸爸这两三天也回不来，我和小慎想趁此机会稍微调查一下——您怎么了？脸色这么奇怪。”

原本坐在厨房凳子上的花婶站起身来。

“确实应该通知老爷。没时间等老爷回家详谈了，立刻打电话给他。”

“为什么？”

花婶打开电视。

“晚报还没登出，但电视新闻已经引起大骚乱了。”

顺正是在此刻看到了碎尸案的后续报道——犯罪声明，发现第二具尸体。

一时之间，顺哑口无言。他转头看花婶，又用看死去虫类的眼光瞪着桌上的匿名信。

“和这封信……”

花婶指着信封严肃地说：

“和疑似碎尸案犯人寄给警方的信上的字体很像，对不对？”

道雄在接到电话后不到半小时便赶了回来，还带着一个身材高大、看上去很老实的年轻刑警。

两人都一脸严肃。在说明事情经过时，顺头一遭感觉到父亲的可怕之处。道雄在工作时的脸是完全陌生的，生活一帆风顺的人们恐怕永远没机会看到那样一张脸。

“爸爸，之前你听过类似的传闻吗？”

“不，是头一次。”

道雄眉头深锁，猛地拿起匿名信。

“你没直接摸过吧？”

“我戴了塑胶手套。”

道雄的脸部线条终于有所缓和。

“判断得不错。”

顺松了口气。

“对不起，没有立刻通知您。我也没想到事态会变成这样。”

道雄郑重地收好匿名信，才宽慰儿子道：

“我知道。而且还不能断定和寄到警局的信出自同一人之手，看起来有些相似罢了。”

“但谣言还是很让人在意的。”

这是年轻刑警到这后说的第一句话，顺这才开始打量对方。道雄留意到这点，将手放在顺的头上。

“这是和爸爸一起负责这个事件的速水警官。快问好。”

“初次见面。”速水率先说道。

“虽然想让你们培养一下友谊，但没这个时间了。顺，我再确认一次，知道这封信的人都有谁？”

“后藤家的小慎、花婶，还有我。”

“明白了，不要再告诉其他人。万一有记者之类的人找到我们家……”

“不见面、不说话、不让对方进门。”

“很好。你也不许靠近筱田家。”

“我知道。”

“我也会留意。”花婶赞同地说，“老爷，可否允许我在您家暂住？”

道雄踌躇了片刻，随即看了看顺。

“会给您添麻烦吧？”

“完全不会。让小少爷单独在家反而更不放心。”

我没问题的——想了想，顺还是把这句话咽了回去。他不想逞强。老实说，他心里真的感到不安。

道雄轻轻点了下头。

“那就拜托您了，非常感谢。”

花婶松了口气，朝顺看过来。

“为了以防万一，在事件解决之前，附近的巡逻部署会加强。发生任何事都要立刻联系警方。”

道雄又匆忙离家。顺喊住了追在道雄身后的速水。

“速水警官。”

“嗯？”速水停下脚步。

“那个……父亲就拜托给你了。”

速水转头看了看顺，笑得眼角皱纹都漾了出来。

“彼此彼此。”

感觉是个好人。顺安心了。

过了夜晚十一点，顺还是按捺不住自己想出门探索的欲望。

关于碎尸案，电视新闻中仍然重复播放着傍晚相同的内容。

那是当然的，顺如此想。寄到家里的匿名信没有对外公开，道雄也表示，匿名信和事件是否有关联，现阶段尚不明确；不论对方是什么人，警方都不能掉以轻心。

然而，传闻中的房子就在自家附近。稍微去侦查一下应该不要紧吧？被动地待在家里会感到很恐怖，行动起来就没那么害怕了——顺硬是给自己找了个借口。

他等到花婶入浴，才偷偷骑车出门。夜里冷得不行，自行车把手和座位都冻得冰凉。顺不敢打开车灯，黑灯瞎火地飞快溜走，夜空中巨大的猎户座一路追踪着他，始终悬挂在头顶上方。

他先在自家前方的道路走了一段，一个左转之后，出现在眼前的是一条直线道路。沿途需要穿过一座小桥、一座大桥，来到第二座桥上时，可以从桥头看见远方的夜空中竖着一个三角形屋顶的细长影子。

那是隅田川河口建设中的超高层公寓，名为“大川端River City 21”。该建筑在夜间堪称滨水区的象征，但在黑暗之中，顶部的红色光点总让人联想到监控下町的巨大监视塔。

——不开玩笑地说，或许有朝一日会进入不得不对犯罪严防死守的时代，到时候就真的需要监视塔了。

心里忽然冒出这个想法。杀害他人、将尸体肢解后四处抛弃，还用戏弄人的方式将抛尸之地公之于众——或许正是这个事件过于冷血，才让顺产生了如此的联想。

筱田家亮着灯。

亮灯的是面对顺的一楼窗口。庭院中林木参差，光线透过林木的缝隙漏出。顺在距离筱田家稍远处停止骑车，单脚撑地，凝视亮光的地方。

窗口拉着窗帘，看不见主人的活动。

四周安静得不像话。一旦入夜，很少有车辆会经过筱田家。

筱田家背对河堤而建，两边没有其他人家，独栋的房子看上去孤零零的。在顺看来，这里与其说是发生凄惨分尸事件的所在地，更像是《火炎》画作中色彩单调的火焰里会出现的房子。

但是……

顺能够听到自己的心跳。心脏为什么跳得那么快？也许是联想到那里可能住着碎尸案的杀人犯……

就在这时，顺发现路的另一头出现了一个娇小的人影。

那是一名女性。

对方身形纤细，随风飘动的裙摆一直拖到脚踝。她站在筱田家以林木构造的屏障阴影中，抓着自己身上那件看似很柔软的短上衣衣襟，定定地望着窗口透出的光亮。

——进入那栋房子的女孩再也没有出来。

从顺站立的位置也能清楚地看到对方端正的侧脸。她的长发扎成一束搭在肩头，发尾末端在街灯的照耀下泛出白色的光芒。

对方朝顺的方向看来。她似乎感觉到了顺的视线。

有那么一瞬间，两人的目光短暂地交汇。在对方仿若诘问的目光中，顺猛地挺直脊背。

然而，对方立刻背过身，飞快离去。直到对方的背影完全消失，顺才从紧张中脱离。

她是谁？

有人目睹年轻女孩进入筱田家，却再也没见到她们出来——这个传闻会不会和刚才的人有关……

冷不防地，背后伸出一只强有力的手，一把抓住顺的后颈。

心脏又是一阵狂跳。顺条件反射般地抓住自行车把手，车子一阵摇摆后向一侧倾倒。

“哟，你和我想到一块去了。”

随着声响，抓住顺脖子的手也缩了回去。

原来是慎吾。他跨在一辆比顺的自行车大几号的运动型自行车上，“扑哧”一笑。

“和你一样，我怎么都冷静不下来，就来了。”说着，慎吾搓了搓鼻子下方。

顺仰天长叹，大口喘气。

“拜托你，走到我身边时稍微发出点儿声音好不好？”

“抱歉抱歉，吓到你了？”

慎吾“嘿嘿”一笑，恢复了认真的表情。

“刚才你老爸和一个长得像豆芽菜一样的刑警到我家去了。他们问了我很多问题，还跟我爸谈了谈。事态是不是很严重？”

慎吾做了个往自己脸上挥拳的动作。

“你也被警告不许靠近这里了，对吧？”

“嗯，但我还是很在意。”

仿佛听到了无声的号令，两个少年一起向筱田家的房子望去。

顺开口问道：

“刚才的人，你看到了？”

“什么？”

“没看到啊……”

真是个美人。顺心想。

“刚才那里站着一个女人，一直在看筱田家的窗口。”

“女人？那不是很惨？”

“没问题，她没进去。”

刚说到这里，筱田家露出的光消失了。在两个少年眼中，仿佛熄了灯的舞台。

“喂，回家了。”

慎吾立刻泄了气，开口催促着顺。顺重新跨上自行车，他的双手早就冻僵了。

5

“展开暗中侦查吧。”

看着道雄带回警署的匿名信并听取汇报后，川添警部立刻如此说道。

“确认这封信和犯罪声明是否出自同一人之手的事可以暂缓，既然鉴定一下就能明白，就不需要大家浪费时间等待。倒是谣言让人很在意。”

警部在写满事件概要的黑板前急躁地踱来踱去。

“尸体有两具。已经两具了。追踪犯人的方式或许也可以增加。不管是什么样的线索都行，我们全部需要。总之先调查看看。如果查到最后只是无聊的笑话也就罢了。记得保持礼仪。行动时要像高级料理厅的女招待一样安静。对方是艺术家，说不定有什么奇怪的生活习惯。”

暗中侦查的任务交给了伊原刑警及其搭档。

伊原对道雄说：

“我可是在座所有人中礼仪最好的。”

若干年前，伊原曾负责某起案件的暗中侦查，为此在银座的高级俱乐部做了将近一个月的酒保。他是个爱打扮的男人。

“八木家的小顺会不会把我认出来？”

“我想应该能认出来。”

道雄微笑着说。

“我也教导过他，在路上碰到爸爸的同事，只要对方没有先开口打招呼，就假装不认识对方，绝对不能先开口。顺记得很牢。”

伊原“啪”地在道雄肩上一拍。

“教育得好。”

一小时后，两具被分尸的尸体验尸报告完成，正在送来警署的路上，因此大部分刑警都待在警署内呈待命状态。时针指向将近晚间十一点的位置。

短暂的碰头会后，道雄歪在会议室的椅子上打了一会儿瞌睡。他做了个不明所以的梦，猛地睁开眼时，坐在身旁的速水小心地看着他。

“您打瞌睡时会一直做噩梦吗？”

“不会。”

道雄捶了捶脑后，僵硬得跟铁板一样。

“我哼哼的声音很大吗？”

“没有，应该只有我留意到了。”

速水打开手账，在上面写了些什么。

“你对工作很热心。在写什么？”

道雄扬起眉毛发问，速水则咬了咬下唇。

“听说这样整理一下，记忆中的东西会跟着一起苏醒，但好像没用。我在想那封犯罪声明和那封匿名信。”

“有什么问题？”

“是字体。总觉得在哪里看过，之前的记忆很模糊，对此我也没信心……但今天看了寄给八木沢先生的匿名信后，我可以确认，真的在什么地方见过。”

“快想起来。”

道雄直起身体。

“不过聚精会神地思考没用。必须对头脑内部下令，然后随意寻找记忆。睡觉前说给大脑听，在睡醒前就会想起来，类似这样的。”

“是。”速水满脸认真地点头。

“今后如果再有类似的情况，不要多虑，立刻告诉我。不论任何情况都可以说出来。不管是多无聊的事都无所谓，千万不要深思熟虑后再说，明白吗？”

速水点头的同时，身穿白衣的鉴定调查员进入室内。

对方从荒川发现的第一具碎尸开始汇报。

头部和右手腕属于同一人，年龄推断为十五岁到二十岁之间，从血液中白细胞的染色体判断，性别为女性。血型为B型RH阳性，从头盖骨的形状分析，脸型为一般人口中的圆脸。在尸体尚未搜集完整的情况下不能随意判断，但从头骨和右手的大小来看，被害者身高在160厘米上下。

“死于勒杀引发的窒息。尽管很微小，但颈部仍残留了一圈勒痕，喉部黏膜有瘀血点。凶器为细长的绳状物——领带、缎带等，在脖子上绕了好几圈后绞杀，下巴下侧左右两边有几处明显的痕迹。并且……”

站在会议室黑板前进行详细解说的报告人略微停顿了片刻。

“被害人右手上并没有被捆绑的痕迹，但右手掌上留有被害人自己的指甲造成的掐痕。”

道雄对坐在一旁的速水说：

“如果还想吐的话，不用憋着。”

速水假装轻咳了一声。

“我不要紧。”

“我倒觉得胸口很不舒服。”

万一……道雄心中暗想。

万一顺遭到杀害，尸体被发现时手掌上留有自己掐出来的痕迹，我会怎么做呢？我会不会把自己是刑警这件事忘得一干二净？待犯人被捕，我会不会忘乎所以地想让对方受罪，要让他也痛苦到握紧自己的拳头，直到自己的指甲陷进手掌里？

要说邪恶，再也没有比这更邪恶的了。内心的黑暗部分如此回答。

道雄刚当上刑警那会儿，“杀人”还仅仅是“杀人”，被害人通常很快断气，压根儿没有会让被害人痛苦到掐破自己手掌的杀人方式。

被害人的死亡日期大约是三周前。换言之，被害日期为十月十五日前后。然而，被害人并非死后立刻遭到分尸。

头部和右手腕都找不到遭利刃切断的迹象。肌肉组织、肌腱以及骨头的连接处与其说遭到“切断”，更像在某种程度的腐败之后遭到拉扯或敲打而形成的“取下”。

也就是说，犯人在杀害被害人之后，将尸体放置或隐藏在某处一段时间，随后才将其“分解”，再四处抛弃。正因尸体遭抛弃时已有一定程度的腐坏，所以才未沉入水中。

尽管尸体在河中被发现，但皮肤并未被泡到发胀，因此可以判断，头部和右手腕部分浸在水中的时间最长不超过十二小时。这一点和“小宇宙东大岛”管理员的证词一致。

在抛尸前，犯人将尸体藏匿了一阵。而藏匿尸体需要场地。

幽静、没什么人类气息的房子——道雄的脑海中浮出这样的想象。他想到返回本部的途中，驱车经过的筱田家暗淡的影子。

进入那栋房子的年轻姑娘再也没有出来——传闻如是说。

道雄的目光短暂地和速水的目光碰了碰。对方也在思考同样的问题。

第二名被害人——在日出汽车发现的那位——也是女性。年龄推断为十八岁到二十五岁之间，血型为AB型RH阳性。死因是绞杀，绞痕和第一名被害人身上残留的很相似。

“说不定是被同一条领带绞杀的。”

速水低声自言自语，坐在他身后的某人回应道：“难道是领带绞杀魔？”

和头部一起被发现的左腿部分没有特别显著的特征或外伤。但被害人仔细地给腿部做过汗毛褪色，也仔细地修过脚指甲。或许能从其使用的美甲产品的色素分析中锁定生产厂家。

第二名被害人的状况与荒川发现的女性相似——在死后腐坏到一定程度才被分尸，随后抛弃。

然而，第二名被害人的死亡时间已超过一个月。听到这一情况说明，会议室中响起一阵轻微的骚动。

“也就是说，第二名被害人是先遭到杀害的？”

死后一个月，即死亡时间推断为十月九日。

“如果是同一个人干的，应该就是这样。但在抛尸之前，放置尸体的场地和状态尚不明确，所以上述推断或许有误。然后……”

鉴定人员停顿片刻，注视着刑警们的脸。

“第二名被害人的皮肤上鉴别出了土壤中才有的霉菌，还附有微量的沙土。沙土和霉菌的区域仍在追查中，但可以判断，第二名被害人在被分尸、抛尸前，曾被埋在土中。”

速水张大了嘴巴，却哑口无言。

“现在只能推断，但若情况属实，荒川发现的被害人可能之前也被掩埋在某处。第一名被害人的皮肤上没有检测出霉菌，也有可能是在漂流期间被冲刷掉了。”

“到底是哪个浑蛋干的！”伊原呻吟般地低哼。

挖出掩埋的尸体，分尸后丢弃，然后再将弃尸地点告知警方。

道雄在内心自问：那浑蛋到底在想什么？

犯人的脑回路到底怎么回事？莫非掩埋两个女性的场地被纳入划区整顿或房屋建造，有被挖掘出来的危险？或者是埋在原先认为最安全的自家庭院，却因某种理由，急着出售房屋？

即便如此，只要换个地方继续掩埋就行。犯人做出这种挑衅般的暴露行为，究竟出于什么目的？

“说不定根本没有目的。”

道雄不自觉地将内心的自问说出了口。

速水小声回复他：

“也有可能是单纯觉得很有趣，便这么做了。”

“最后一条，算是好消息。”鉴定人员继续说道。

“两个被害人的共同点是，两人的脸部，特别是下颚和口唇部分都遭到强力殴打，牙齿都被打碎了。伤口均未出现活体反应，应该是犯人在掩埋尸体之前做的。最近受电视剧的影响，知道牙齿的法医学鉴定的人越来越多，犯人应该也知道了通过牙齿得知被害人身份的问题。”

“这算哪门子好消息？”

“第二名被害人的上颚有三颗门牙是植入的假牙。”

道雄向前探出身体。

“都是非常精巧的高价假牙，或许犯人也没留意。而且还很新，植入时间应该不超过半年。为被害人植牙的牙医应该还记得对方，病历卡应该也还在。”

做报告的人很年轻，或许是头一次接触此类案件，他在总结发言中如此说：

“请各位务必把她们两人给找回来，好让我们找到线索，能够把让她们遭遇此等惨祸的人给逮捕起来。”

6

第二天，以及第三天，顺都瞒着花婶在深夜偷偷出门，前往筱田家附近。

顺很明白，这么做是破坏和道雄之间的约定。尽管心里清楚，但他不能坐视不理。

电视和报纸都咬着被害人有两个人这点大报特报，并呼吁民众提供线索，以便警方确认被害人身份。看着新闻，顺的脑海中浮现出盯着筱田家窗户看的女性，以及对方脸上出现的钻牛角尖般的神情。

她到底是谁？为什么会站在那里？她和两个被害人是否有关联？关于筱田家的谣言究竟是真是假？顺越往下想，越在家待不住。

然而连续两个晚上，那个女性都没有出现。顺几乎被冻到感冒，却仍然坚持调查。

媒体报道仍然没提及寄到八木沢家的匿名信。或许搜查本部认定那封信和事件没有关联；又或许正好相反，正因为有关，所以才按下不提？顺不知道。

道雄也没有和家里联系。花婶每次去送替换衣物，他都不在警署。

警察同样很焦急——顺心想。小心慎重自然很好，这点他懂，但万一在此期间，有人在那栋房子里被杀了该怎么办？

顺越是这么想，白天越是没法冷静，晚上更是无法安心入睡。顺曾深夜起身在房间里转来转去，惹得担心不已的花婶在门外不停发问。

花婶对案件保持沉默。她暂住在八木沢家，对门户问题特别上心。

在那之后，八木沢家再也没收到过匿名信。

“花婶，您不害怕吗？”

花婶一边给冬季的厚棉被套上被套，一边爽快地回答：

“一点儿也不怕。”

“您好坚强。”

“小少爷也很坚强嘛，那么晚了还敢独自跑去筱田家门口。”

顺笑嘻嘻地吐了吐舌头。

“我还想瞒着您呢，原来被看穿了。”

“是啊，而且我会记得向老爷汇报。”

花婶面带笑容，口吻里却带着难得的责备意味。

“但您怎么想？都不在意吗？”

“你指什么？”

“当然是指事件啊。事件和那封匿名信到底有没有关联？”

“是啊，到底有没有呢？”

“筱田家的流言还在继续吧？今天学校里有人也在讨论。”

靠河的房子，女人一旦进去……班上的女孩子们“叽叽喳喳”地说着几乎没改动过的内容。

“而且啊，在靠近那栋房子的位置，有个女人站在那里哦。”

“这样啊。”花婶边说边拍打棉被。

“完成了。不过这床棉被最好重新弹过。得和老爷商量一下。”

好冷淡啊——顺暗自赌气——现在可不是讨论棉被的时候。

到了第三天——也就是十一月九日星期四，顺的耐心终于被磨光了。

对于装病，顺没有半点儿自责的感觉，谁让事出紧急呢。老师很干脆地准了病假。

“你家白天都没人在？”

“是的，我会自己安静地休息。”

如此一来，顺争取到了在傍晚前瞒着花婶自由行动的时间。两个人一起早退太过惹眼，他连慎吾也瞒着，在下午一点离开了学校。

光从房子外部侦查还不够，但进入房子内部需要理由。该怎么做呢……想着想着，尽管不像慎吾，顺还是不由得羡慕起刑警来。

身上的学生制服或许会让对方放松警惕。而一旦被问及“怎么没去学校”就不好办了。

他边想边走，不知不觉便到了能够看见筱田家的路段。

很罕见地，窗户竟然开着。窗口晒着花纹鲜艳的棉被。很奇妙地，眼前的景象让顺松了口气。

这看上去就是很普通的人家嘛。

顺缓缓走了过去，在那个不知名的年轻女性曾经站立的地方看过去，能看到房子的后门。

回到马路上，只见道路的另一侧站着一个流浪汉，直直地看向顺的地方。对方一直看着，顺和他的眼神接触了片刻。

对方身上的衣服和脸色都呈炖煮菜肴的深色，背脊无精打采地缩成团状，在某家忘记回收的垃圾箱中翻找着什么。

顺慌忙收回视线。待再次用眼角余光偷偷望去，流浪汉已摇摇晃晃地离去。

果然，白天穿着制服到处晃太显眼了。

要不要换身衣服，装成推销报纸的人呢——刚想到这里，顺又被人从身后揪住了衣领。

曝光了。

“好啦，病假是假的，瞒着你不好意思啊。”

小慎太狡猾了——这句话还没说出口，对方的声音便在顺的头顶上方响起。

“你说什么是假的？”

顺的心脏似乎漏跳了一拍，随即又开始“怦怦”乱跳。捉住他后颈的手慢慢松开，他急忙向后转身。

站在眼前的是一位身穿朴素绿色和服的老人。对方长着宽大的下颚和眼珠颇大的双目。尽管发丝和眉毛已经斑白，脸庞却很红润。

老人叉开双腿站立，脚上穿着木屐。

对方正是筱田东吾，顺立刻明白过来。喜好描绘达摩的“达摩东吾”。

他的脸都很像达摩。

“你有什么事？”

尽管比顺高出一头，筱田仍然算是小个子的老人。然而，他的嗓门真的很大。

从前道雄曾说：人们都会说错话，而在大多数时候，说错的话会比想说的话更为真实。

顺本打算撒个谎。谎言不管是什么内容都行，只要能混进筱田家的大门就好。

然而，脱口而出的却是这样一句话；

“那个，我想看看您画的《火炎》。”

对方扬起粗大的眉毛。

“您就是筱田东吾吧？我想看看您的《火炎》，所以就来了。请问去哪能看到原画？应该不在您手边了吧？”

老人短暂地端详了顺一阵。

“你从哪儿打听到我是筱田东吾？”

“很久以前就……”

顺决定撒个大谎。

“在《河川风景》获奖的时候，我在报纸上见过您。我对那个记忆深刻，所以在这附近看到您还吃了一惊。然后，发现您住在这里……”

“你调查过？”

“是的，我就住在您家附近。”

筱田家的大门被打开，有人发问：

“爸爸，怎么了？”

一个年轻姑娘单手推开门，向顺的位置看来。有那么一瞬，顺将对方看作了之前见过的少女。

然而他再仔细一看，却是完全不同的一个人。眼前少女一头柔软的卷发，比之前的那人头发短。与其说是美女，形容为可爱更贴切，一对漂亮的杏眼直直地望着顺。

“爸爸，”少女再度发问，“是客人吗？”

老人露出略显迷惘的神色。

“这孩子说想看看《火炎》。”

少女离开房门，一直走到顺的身边，弯下膝盖对顺说话，仿佛当他是小学生。

“你是特意跑到这里来的？”

顺努力挺直脊背。

“没错，我叫八木沢顺。”

少女露出笑容。

“是嘛。我是筱田的女儿，叫明子。初次见面。”

近距离一看，顺才发现明子的鼻子周围散着几颗雀斑，真的很可爱。

“有什么关系嘛，爸爸。让这孩子进去吧。”明子说道，“你不是常说，就是想让孩子们见识一下当时的场景，才画了《火炎》的嘛。”

7

“你稍微等一下。”明子在房子玄关旁一间阳光充沛的西式房间里如此关照顺。

话虽如此，却也不是什么特别豪华的房间。长条沙发柔软到往上一坐便会陷下去。

这间房间里连一张画都没有。墙壁刷成淡奶油色，配上同色系的窗帘。上端有造型优美的天窗，阳光正是从那里洒入室内。这还真是不错。

听上去有些像胡说，但《火炎》原画确实在筱田家。

“对爸爸来说，这幅作品像是某种纪念碑，所以一直不肯放手。”

顺独自等待了一段时间，直到明子返回。

“请往这里走。”

筱田家的走廊擦得纤尘不染，门把手都闪闪发亮。

由此可见，筱田先生独居的传言应该是假的。除非如花婶一般能干，不然普通的独居老人无法将房子打理得如此整洁。

“这里。”明子打开房子最深处的一扇房门，是面向运河的房间。

顺跟着明子走进房间。房屋中略显昏暗，脚下可以感受到厚厚的地毯。

《火炎》就挂在眼前的墙壁之上。

顺真实地看到“倒抽一口冷气”这句常用语的具体形态呈现在眼前。

抬头向上看，顺真真正正地站在了昭和二十三年三月十日的大空袭之中。他能够用脸颊感受到火焰的炽热，耳中能够听到喊叫、四下奔逃的脚步声、建筑物的崩塌声，以及交错飞行的B29的爆炸声。所有的声音交织成不祥的重低音，充满了整片天空。

烈焰中的达摩始终俯视着下方的顺。

“爸爸经常说，本来不该是这样的。”

明子走到顺的身边小声说。顺猛地回神，只觉膝盖抖个不停。

“这个……为什么会藏在这栋房子里？应该让更多的人看到的。”

“我也这么想。但爸爸有自己的想法。”

明子露出微笑。

“爸爸应该是为了鞭策自己，才把这幅画挂在工作室的吧。”

工作室？

“那，这里其实是筱田先生的画室？”

“是啊。爸爸尽可能地想在这里画出一幅新作品。他应该认为，回到生养自己的下町就能做到……”

明子说着，忽然沉默下来，继续仰头看画。顺也做出同样的动作。

两人保持同样的姿态过了约十五分钟。

随后，明子再度开口：

“看够了吧？冷不冷？这里不能太干，没法一直开空调。”

顺听从了明子的建议，跟她一起去喝茶。之前设定的含混笼统的计划，到这一步可谓圆满达成。

然而，顺的内心深处却冒出“是不是没必要继续调查”的念头。

传闻是假的。筱田家相当平常，有的只是《火炎》的原画。而且，能够画出这种画作的人为何要去杀人？

东吾坐在隔壁的和室里等着顺。他把手肘撑在一看便很沉的桌子上，孩子气地双手托腮，看向顺的眼神闪闪发亮，表情犹如等待老师分发成绩表的学生。

看到这些，顺的心情更加放松。这人和“杀人”根本不可能有任何联系。

顺谢绝了坐垫而是直接坐在榻榻米上，随即将头低下。

“非常感谢您。我随意上门打扰，您还是让我看画。”

东吾似乎有点儿惊讶，保持双手托腮的姿势向前探出身子。

“你是不是和爷爷奶奶一起住？”

“什么？”

“就是那个。”东吾用下巴指了指顺放置一边的坐垫。

“这个礼仪谁教你的？现在的父母都不知道。”

原来是这个。

顺笑起来。

“我家的女佣教的。”

花婶在整理客房的坐垫时顺便教导过顺：“小少爷，即便主人让你用坐垫，但在正式与主人寒暄之前绝对不能使用，这是礼貌。”

“女佣？你母亲是职业女性？”

“不，那个……我妈不在了。”

东吾解除了托腮的姿势。

“我不该问的。”

“不，母亲没有过世，是离婚了。我跟父亲过。”

东吾转开脸思索片刻。

“你是八木沢君吧？”

“是的。”

“你父亲是‘樱田门’？”

顺张口结舌，刚巧端着红茶杯托盘进来的明子不由得笑了。

“爸爸啊，你突然说出‘樱田门’别人听不懂的啦。”

明子随即边摆放红茶杯边说：

“警视厅在搬迁到现在的位置之前建在樱田门。爸爸那代人会直接把警视厅或警官们称呼为‘樱田门’。对不起啊。”

原来如此。

“您认识我父亲？”

“听后藤会长说的，听说是位优秀的刑警。”

东吾大口喝着没放砂糖和牛奶的红茶，忽略了杯子把手直接捧着茶杯，仿佛端着的是茶碗。

“也就是说，你是跑来侦查的对吧，刑警之子。”

顺的手一抖，他正往杯子里倒的砂糖撒了一桌。明子再度露出“爸爸真是的”的表情，轻轻摇头。

“是这样没错，但已经没这个必要了。而且，我是真的很想看看《火炎》。”

顺保持微笑，东吾和明子对望了一眼。

“抱歉，我的朋友也会叫我‘刑警之子’。”

“后藤会长家的小子吧。”

“这您也知道？”

“我和才贺一起去后藤家的时候见过他，是那个大块头小子？”

“就是他，他在练柔道。”

“听起来很强。”

东吾喝完红茶，恢复双手托腮的姿势。

“所以情况如何？关于我的谣言还在扩散？”

顺在回答之前看了明子一眼。对方点了点头，露出“没关系，这些我也知道”的神情。

“扩散得很广，学校里也能听到。”

“所以你就跑来调查？”

顺有些迷惑：现阶段该说哪些情况呢？

话说回来，对于出自慎吾口中的那些话，顺都没有当回事。这份感觉到现在都没变。而问题在于那封匿名信。要不要把问题投出去，看看对方的反应呢？

“你会在意也很正常。”明子温柔地说，“我们当然会想‘这怎么可能’，但那些不熟悉爸爸的人当然会觉得不舒服。”

“你们认为，那些谣言为什么会扩散？”

在顺的质问中，东吾绷起脸，明子则一脸困惑地保持沉默。

“谣言的内容只有一种：年轻女性走进这栋房子后再也没有出去，全部内埋在东吾先生的后院……”

说到这，顺慌忙订正：

“对不起，我是说筱田先生。”

“叫我东吾就行。这是我的名字嘛。”

对方的声音很温柔，感觉像是有人轻抚头部。

“说到年轻女性，肯定是我啦。”

明子边用手指摩挲红茶杯的边缘边说。

“我偶尔会到这里来，做些清扫、煮饭之类的活。而且我也没特意和邻居们打过招呼，或许被当作了陌生的女性。”

这样也说得通。

“但我几天前来过这里，在附近看到一个年轻女孩，那绝对不是明子小姐。你们有什么线索吗？”

明子看了父亲一眼。东吾沉默地凝望自己映在磨损桌面上的脸庞。

“没什么线索。”他忽然小声咕哝了一句。

“真的不是我吗？”

“嗯，对方是长发。”

明子摸着自己的短发，点了点头。

“有没有可能是爸爸的粉丝……”

“或者正相反，想使坏的家伙。”

东吾的口气很严厉，明子为此换了辩解的口吻。

“爸爸树敌很多，他的性格就是这样，藏不住话。”

“应该没多少人知道东吾先生住在这里吧？”

东吾一声苦笑。

“理论上是这样，我拜托过后藤会长。但旁人只要有心，调查一下就能知道。”

也就是说，不排除有人偷偷来此造访的可能性。

“如此看来，应该是和我家没有任何关联的女性啦。”明子为父亲鼓劲，“那种无凭无据的谣言就不要在意了。”

“在后院挖坑的事，倒真的有。”

东吾用手指摸着下巴。

“为了修整植物？”

“不不，为了烧掉不满意的草图罢了。我对捣鼓庭院没兴趣。”

“半夜里一个人烧的？”

“爸爸的脾气反复无常，又很急躁。”

明子露出苦笑。

原来如此，不愧是艺术家。

“但您二位还真是够冷静的。”

顺观望着筱田父女的脸说道。

老实说，他松了口气。

“小慎——就是后藤家的儿子——告诉我，东吾先生很容易动怒。”

“那时候是。”东吾再度双手托腮，“现在我放弃了，放着不管，谣言自己也会消散的。”

顺再度陷入迷惘状态——事情并没有那么简单，那封匿名信……

他决定说出来。

“老实说，我并非听了小慎的话才开始关注这些传闻的。”

明子听说匿名信的详情之后，脸色开始转阴，跟着出现了胆怯的神情，让顺有些内疚。

而相对的，东吾却出乎意料地平静。

“既然如此，小顺会跑来调查也是情理之中。”

东吾甚至笑了起来。

“如果匿名信是同一个人写的，那不就是检举信了吗——先告知警方尸体的位置，再写出犯人的名字。”

顺不由得缩起身体。老实说，他真的如此设想过，才会计划潜入筱田家。

“对不起，但我不认为东吾先生是犯人……”

听到顺小声地嘟囔，东吾的目光变得柔和。

“谢谢你。”老画家柔声说道，“真的，非常感谢你。”

短时间内，三人没再进行任何交流。顺将脑中的思绪整理了一番，才继续说道：

“两封信是否出自同一人之手，目前还没法判定。”

“但看上去很相似不是吗？”

“对，很相似。”

“不可能有这么巧的事。”

“我也这么认为，所以才……”

说到艰难的部分，顺的声音越变越小。

“会不会有什么人憎恨东吾先生？”

明子开始不停眨眼。

"憎恨爸爸……"

"很抱歉。但这种想法能够说通。"

顺开始说明最近一直思索的一种假设。

"某个人憎恨着东吾先生，因此放出谣言。光这样做对方仍不满足，所以才把近期发生的碎尸案和东吾先生扯到一起，并伪造了和犯罪声明字体相似的匿名信，偷偷寄给我父亲……"

"这样也说得通。"东吾淡淡地点头，"说句难听的，做我们这行的难免和别人发生摩擦。"

正所谓"喧哗东吾"。

"就算你问我知不知道有人恨我，一时我也答不上来。不是不记得，而是这种人太多，根本无从说起。"

说着说着，东吾露出了略显寂寞的神情。

顺鼓起勇气继续说：

"如果这个假设成立就糟糕了。所以我才会这么在意，警察可能也会出动。"

"怎么说？"

"那封匿名信是在警方的犯罪声明发布之前，偷偷塞到我家信箱里的。无论对方是谁，都不可能是看了新闻之后才模仿了字体。"

明子瞪大双眼。顺点了点头。

“既然如此，这里有三种可能性。第一，单纯的偶然。”

“我认为就是这个。”东吾用手摸头。

“第二，往我家寄匿名信的人和碎尸案真凶很熟，而这点必须建立在对方对真凶做的事都很清楚的基础上。而最后一点……”

“写匿名信的人就是碎尸案的真凶。”

听明子如此一说，东吾抱住胳膊。

就在顺打算起身告辞的时候，大门的方向传来停车的声音。

“是才贺先生。”明子走了出去，“他说好三点来接我。”

对方是东吾的秘书，被慎吾称作“忍者头领”的人。当时的顺不过觉得这个称呼好笑，但见到才贺真人时，不由得感叹慎吾的表达能力。

他应该是练空手道的吧。这是顺的第一个念头。

才贺的身高与东吾大致相同，放在现代来看算是小个子。但对方看上去异常机敏，腕力似乎也很强，走路的步调利落干脆。

“家里有客人？”才贺慎重的说话方式和他给人的整体感觉不相符。

东吾把顺介绍给他，两人互相打招呼。果然是锻炼腹肌的人的声音啊——顺如此想。

“你就是住在三街那位刑警的孩子啊。”

“这孩子特意跑来看《火炎》。”东吾把手搭在顺的肩上。

东吾和才贺迅速交换了一下目光。顺看在眼里，感觉自己没必要把来这里的第二个目的——为了调查才贺——重复说一遍了。才贺已然洞察了一切。

顺的推测完全正确。只见才贺面露微笑，说道：

“辛苦你了，少年侦探团。”

顺开始打哈哈，明子“扑哧”一笑。

“讨厌啦，八木沢君真的是来看《火炎》的，对吧？”

“画得很棒。”

“比‘很棒’更好。”

明子开始准备出门。接下来她要和才贺一起去位于银座的画廊。

“地方很小，却是爸爸从前起步的地方。下周那里要举办小型作品展，八木沢君要不要去看看？”

“可以去吗？”顺扭头看东吾。老人一点头。

“去吧，也许这是最后的展出了。”

明子出言责备：“别这么说。”

和才贺、明子约好了领取招待券的事宜，顺正准备和两人一起告辞，却被东吾叫住。

“小顺，你来一下。”

说着，东吾率先走回挂着《火炎》的房间。尽管才贺停下脚步，用疑惑的目光朝这边看来，顺仍然对他轻轻一颔首，随即往东吾的方向跑去。

老画家抬头仰望《火炎》。顺和他并排站立。

“这幅画是我的杰作。”东吾小声咕哝。

“虽然我看过的画作只有这一幅，但我也认为这是杰作之一。”

东吾看着顺，露出微笑。

“真是个心口一致的孩子。说话不必那么小心。我的杰作只有这一幅，其余的画全是垃圾。既然你要去看小型作品展，那就再仔细看看这幅画。筱田东吾这位画家，在画完《火炎》时便终结了。”

东吾的这番话过于消沉，让顺一时间哑口无言。

“但是……《河川风景》呢？”

东吾用鼻子发出嗤笑：“那些玩意啊，小顺，都和马赛克差不多。那些画中只有技术，不过被一群老外评论为技法超群，才在国内流传开的。”

在此之前，顺曾在区立图书馆寻找东吾的画集，并看了《河川风景》的照片。水墨画为基础的画作中掺杂着点点的朱红色效果，下町房屋林立的影子倒映在河川之上，如同有生命的物体一般优雅，某种意义上具有肉感的河川配合朦胧脆弱的建筑，构成一个不可思议的世界。

对了，顺忽然想到《河川风景》中并没描绘达摩。

“东吾先生。”

“嗯？”

“为什么《火炎》之中会有达摩？”

东吾沉默了片刻。顺一边观赏《火炎》一边耐心等待。

“大空袭的时候，我没有跟其他人一起疏散，而是选择留在这里。”

“您当时是泥瓦匠，我在《近代美术》上读到过。”

东吾露出微笑。

“没错，我的技术相当不错。”

“您当时为什么离开家人，独自留在东京？”

“在此之前应该先问我为什么没有被征兵。现代的孩子果然不清楚当时的情况。”

真是这样吗——顺抬头看着东吾。老人露出仿佛在看百米之外的景色的眼神。

“我年轻时身体很糟，不光有胸膜炎，体形也很瘦弱。因此，我在征兵体检中被刷了下来。”

“是不是和健康诊断差不多？”

“也可以这么说。我有三个兄长，他们不像我，全部很健康，全被军队召走。”

“您的兄长们……”

“全死了。”东吾低声回答，“两个死在南方，一个死在西伯利亚收容所。他们全成了不归人，活下来的只有我。”

“只有我。”老人小声重复了一次。

“之所以只有我没疏散，是因为没面子。当时主要把大家疏散到乡下的亲戚家，我家则拜托了母亲的远亲。本来就要夹着尾巴做人，而且在那边，就算是半个病人，对于年轻的我来说也很头疼……你知道什么叫‘全民皆兵’吗？”

顺歪了歪头。

“意思是说，全体国民都是战斗人员。在那个时代，没被军队带走的年轻人背负的内疚大到让人难以想象。周围全是冷眼。”

顺小声说：

“卖国贼？”

“没错。”东吾微笑起来，“学校教的？”

“爸爸跟我说过。”

“这样啊。”东吾一点头，顺势坐到地板上，“小顺也来坐，要说的话可长了。”

顺跟着坐下，并双手抱膝。在《火炎》的面前摆出这副姿势，感觉有些不好意思。

“因为这个理由，我就寄居在了本所的亲戚家。那个亲戚上了年纪，也没法被征兵，于是担任了地方的消防团团长。他对消防训练投注了很多热情。”

“于是，在当年三月十日的夜晚——”

“我磨磨蹭蹭的，没进入防空洞，只能逃到地面上来。从结果来看，这种行为反倒救了自己一命。”

防空洞——顺联想到电影《当风吹起的时候》。影片中出现了核避难所。

“进入防空洞的人们没能得救吗？”

“事后一看，防空洞里只剩焦黑色的灰烬。那种程度的空袭，根本防不胜防。”

“我听人说，这一带全被炸平了。”

“那个啊，根本没法被称为火灾。小顺，你知道防雨门板是什么吗？”

“挡雨的窗板吧？之前不知道，搬到现在的房子里才知道。”

“对对，就是那个。”

东吾将手掌朝下，手肘与地面保持平行。

“防雨门板就这样边燃烧边在半空飞。暴风猛烈得不像话，大火召唤了狂风。所有的东西都起了火，不光火灾在扩散，随着时间的推移，就连空气都开始升温，原本没有火星的地方都会突然爆燃。人们也这样被点燃。当时的火灾就是那么惨烈。”

顺试着想象当时的情景，却无论如何办不到。他的脑海中蓦然浮现出电影《末日庞贝》的场景。“东吾先生是怎么生还的？”

“锦糸公园，知道吗？”

“知道。”

位于JR锦糸町站附近的公园，附近有出售美味文字烧的店铺，慎吾带顺去过。

“我跳进公园的池塘，往头上稀里哗啦地浇水，整整待了一夜。”

那个池塘其实没多大，甚至可以说相当狭小。

“很可怕吧。”

东吾用力点头。

“很恐怖，那种恐怖感，堪称空前绝后。我想一直潜在水里，却没有河童那样的本事。头一旦探出水面，外面的空气热到连鼻毛都能烧焦。天空一片赤红。”

东吾咽下一口唾沫。

“再仔细一看，赤红色的并非天空，B29飞得铺天盖地，机身上闪耀着赤红的光芒。”

“轰炸机不应该是银色的吗？”

“地面一片火海，机身反射着火光。真要说的话，就跟周身溅满了鲜血。整整三百四十架B29啊。”

顺再次把目光投向《火炎》。周身浴血的轰炸机群交错飞向疯狂咆哮的火焰。

“四下都在燃烧。我又怕又累，好几次想爬出池塘。就算爬出去也无处可逃，但当时头脑完全不能思考。如果我是孤身一人，肯定被烧死了。”

“东吾先生和别人在一块？”

“和住在附近的人，我们两人待了一夜。”

说到此处，东吾不明缘由地沉默下来，凝视着《火炎》。片刻之后对话继续，但东吾的目光始终看着地面。

“按照现在的话说，那个人是工程师。他主修机械工学，一个月有大半时间在制作武器和弹药的军工厂。对国家而言，这种人是珍贵的人才，所以他的老婆孩子被疏散到乡下，他自己留在了城里。”

东吾甩了甩头。

“我们一起逃命，一起跳进池塘。在我拼命想爬出池塘的时候，是那人拖住了我。他是我的救命恩人。”

“我永远忘不了他。”东吾再度小声说。

“翌日，空袭结束后我爬出池塘一看，尸体堆积如山。周围笼罩着一股烤肉的味道，那个有点儿……”

看着犹豫着没继续说话的东吾，顺开口询问：

“那个有点儿怎么了？”

“有点儿像汉堡肉的味道。因为这个，我到现在都吃不下那玩意。”

片刻的沉默之后，顺继续说：

“所以东吾先生才创作了《火炎》。”

老画家像个孩子般认真点头。

“我一直想把自己亲眼所见的那些东西留住。不管用什么方法都行，不过偶然选择了日本画的方式。”

“这样啊……”

“就是这样，这跟才能无关。所以你看，在《火炎》之后，我没画出一幅像样的作品。我本来就是平庸之辈，不过执念比平常人深刻罢了。画完《火炎》，我便依靠这幅画的余韵活到今天。”

“您的这番话很严厉啊。”

除此之外，顺找不出第二句话可说。东吾站起身，微笑着轻抚顺的脑袋。

“扯远了，继续说说达摩。小顺啊，我所画的达摩，就是我们每一个人——在杀与被杀之间沉默忍受的我们。”

达摩怒目圆睁。之所以会哭泣，也是因为这个吗——顺开始思索。

“即便被杀也不出手，只是一味看着，对吗？”

“没错。或许手脚俱全，就是不愿出手。”

顺站起身后，东吾双手紧握他的手，不停地上下摇动。

“谢谢你来看画，真的非常感谢。还和我聊了这么多，我很开心。”

东吾的眼神很温柔，言语中隐藏着某种心情。不可思议的是，顺能从中感受到某种似乎并未说够的感觉。

“请您继续绘画。”

顺不假思索地说道。

东吾略一踌躇，说了一句仿佛谜语的话：

“有想画的东西，就会画的吧。”

随即，他又露出了遥望远方的目光。

8

离开筱田家，在走回自家的途中，顺才恢复神志。

他没走玄关，而是从后门进去的。正在切菜的花婶吃惊地抬起头来。

“你回来啦？今天放学真早。”

“嗯。花婶，我去烧洗澡水好吗？”

“可以啊，洗澡水还是新的。”

“谢谢。”说着，顺便走进浴室，打开燃气，取下浴缸的泄水板，拿出新浴巾放在脱衣间后，又回到后门。

先前那个流浪汉立刻出现了。

“伊原先生，这边。”

顺压低声音呼唤，就在快要端不住假装不认识对方的模样时，流浪汉飞快地溜进后门，花婶第二次被吓到。顺赶紧介绍。

“这位是爸爸的同事伊原先生。这位是我家的提督，花婶。”

“提督？”伊原边说边在后门处脱下脏污的外套和鞋子。

“远远看到你还有点儿担心，还是期待你能顺利完成任务。辛苦了。”

顺轻轻一笑。

“八木拜托我去筱田家看看。亏你能认出我。”

“最初没注意，后来从走路方式看出来了。”

“眼睛真尖，不愧是八木家的孩子。不过……”

“不过，不能和执行任务的刑警搭话，对吧。这点我很清楚。但我很想知道，请告诉我，伊原先生之所以开始暗中调查，是因为犯罪声明和寄到我家来的匿名信是同一个人写的吗？”

如果真是这样……顺的背脊忽然一寒。

“不，不是这样。”

顺大大松了口气，几乎坐到地上。

“那为什么要暗中调查？”

“调查初始阶段，总之就是调查看看。关于筱田家有一则奇怪的传闻不是吗？”

“是这样没错……”

“笔迹鉴定的结果也出来了。与我刚才说的一样，写着‘XIAO TIAN DONG WU SHI SHA REN FAN’的那封信和寄到警局的犯罪声明出自两个人之手的可能性很高。但鉴定人员还说，两封信的字体很相似，或许同样借鉴了第三种共同字体，以第三者为样本书写的；或者也可能是，写这两封信的两个人中的某人模仿了另一个人的字体。”

“连这种事都能查出来？”花婶插嘴问道。伊原露出被人乘虚而入的神色，点了点头。

“确实能查出来，我也是看过报告书后现学现卖的。”

随即，伊原笑了笑。

“从字的笔画构成和配字，也就是文字的排列方式来看，两封信都很相似，甚至可以说，相似到引人注目。所以乍看之下，会被认作同一人的笔迹。然而，书写时的力道完全不同，几乎可以说，是成人和孩子之间的力道差别。”

“啊哈。”花婶发出感叹。顺则坐到厨房的椅子上。

“但寄到我家的匿名信还是很可疑的，对吧？”

“总之在现阶段可以这么说。”

东吾的嫌疑仍然没有洗清。

在伊原泡澡的时候，道雄打来了电话。今晚他要带速水一起回家。

“爸爸的鼻子真灵。”

“得多准备几个菜了。”

“我来帮您。”

道雄和速水是在晚八点的时候回来的。和干净的伊原相比，他们的模样要惨得多。

花婶咕哝着“您二位简直跟破烂的抹布没区别”，同时麻利地照顾二人。一味缩手缩脚的速水和花婶之间的对话相当有意思。

大家边进食边开报告会。在听到顺的行动和伊原的说明时，道雄全程摆出一张不可置信的脸。

“你居然擅自行动。”说着，父亲的脸色变得很恐怖。

“但是……”顺有点儿不敢开口，“我忍不住嘛，谁让筱田家如今出现了不明身份的女子。”

道雄瞪了儿子一眼。

“什么时候开始的？”

所谓自找麻烦，说的就是眼下的情况。结果，顺不光把今天的行动，连之前没有遵守和父亲之间的约定，跑到筱田家附近晃来晃去的事也全招了。

道雄气愤不已，伊原则发出响彻房顶的大笑。

“好了好了，有什么关系。因为小顺，我们也掌握了不少线索。”

“但是所谓‘好奇害死猫’，”速水稳重地发言，“还是不要做危险的事。”

顺坐直身子。

“其实一点儿都不危险。筱田先生是个好人，他绝对不可能杀人。他和这次的杀人事件无关，那封匿名信是别人的阴谋。”

“小少爷——”花婶轻轻出言责备，顺立刻闭嘴。

“身份不明的女子啊。”

伊原“咕哝”了一句，眼光转向顺。

“什么样的女子？”

顺做了说明。顺关于对方的记忆十分鲜明，就连细节都说得很详细。

“你怎么想？”伊原问道雄。两人用相同的方式皱眉，简直跟《镜之国的爱丽丝》中的孪生子特威丹和特威帝一样，顺心想。

道雄抱着胳膊回答道：

“我不知道，光靠这些没法说明什么。但这次的事件似乎都围绕女性展开。”

伊原点点头。

“我也有同感。实在太无情了。顺君，很遗憾，那个女子可能只是筱田东吾的粉丝。”

“也有可能只是站在路上等人。下次再见到她，干脆直接追上去问问好了。但你若被当成痴汉，爸爸可不管。”

被父亲冷淡地一说，顺只得专心吃饭。他故意用力咀嚼腌菜，发出啧啧之声，随即头上被道雄用力一敲。速水低头拼命憋笑。

伊原面露苦笑。

“没有发现任何可疑的事实，这点可以保证。我们也追查了那个谣言，但附近的住户都没把谣言当真。那位老人确实有点儿古怪，但仅此而已。而且，对方似乎还是位非常优秀的画家。”

“真的非常棒。”

顺开始热情地描述《火炎》是一幅多么有感染力的画作。花婶侧耳倾听了片刻，忽然起身离开饭桌，又拿着一本虽然薄，却很重的书返回。

“你们竟然找到了这本书！”

那是筱田东吾的画集。

“但很遗憾，《火炎》没有被收入这本书。这里全是女性的肖像画。”

众人快速翻阅了一遍，确实如花婶所说，全书只有东吾以独特的水墨风格描绘的十二幅女性肖像，画集叫《花之季节》。

“里面有几个人的脸，好像在哪里见过。”

道雄轻声咕哝。

读完书后解说的速水回答道：

“是女演员。”

速水说了几个名字，基本都是道雄那代人熟悉的偶像，在当时确实都很有名。

“这是当时的一项企划，面对女性读者的某本写真杂志策划的。每月选出一人，筱田自己挑选了可以代表当月花朵的女性，并画成画册。”

速水将画集递给伊原。刚出现轻微老花眼迹象的伊原甩了一个眼刀子，警告对方“不许笑”，随即伸长胳膊，开始凝视画集。

“搞什么，连××都在上面。”伊原说出一个连顺都知道的年轻女明星的名字。

“真的？”

顺急忙凑上去，一看的确如此。

速水笑着说：

“如果我没记错，她正是在这幅肖像画被炒热之后才有了人气。谁让她是以挑剔出名的筱田东吾选中作画的人呢。”

伊原看了看版权页，画集出版的时间为前年的秋季。和女星××开始活跃的时间基本吻合，因此速水应该没说错。

而顺仍然感觉怪怪的。

“我所见到的东吾先生，怎么说呢，像他那样的画家，感觉不会接受这种……低俗的企划。”

伊原“啪”地合上了画集，说了句“就是这点”。

“顺君说得没错。筱田是画坛的问题儿童，而能够顺利驾驭并为这个难搞的老人经营的人，就是那个才贺英雄。”

“啊，原来是才贺先生。”

道雄脸色一沉。

“你们别太超前，我这里可是一头雾水呢。先把人物关系给我说明白。筱田家到底住了几个人？”

“固定居住的只有筱田东吾一个。”

“那座房子是他的画室。”顺说。

“应该说是他的另一个住所。在这栋房子建好之前，筱田独自住在镰仓。筱田家的主宅在世田谷的成城，由筱田夫人和他们的独生女明子居住。夫人体弱多病，一直在医院进出。”

“是筱田的亲生女儿？不是孙女？”

道雄看向顺。

“据你所说，明子是个二十岁左右的姑娘。而筱田已经超过七十岁了。”

话说回来，的确是这样没错。顺缩了缩脖子，伊原代替他回答道：

“现在的夫人是筱田的再婚对象。第一任夫人在筱田开始画日本画后的一年左右离婚。她对不事生产，又全心投入日本画的丈夫失去了信心，提出了离婚。他们没有孩子。”

“筱田什么时候和现任夫人结婚的？”速水发问。

“在《火炎》问世之后。但夫妻俩似乎摩擦不断。夫人是筱田恩师的女儿。”

东吾的恩师，即当年日本画坛的重镇之人。

“那当然会有摩擦。”道雄一脸苦涩，“没法顺利生活。”

“就是如此。”伊原略皱眉。

“就算不是画家，筱田东吾的个性之激烈也是有名的。自从处处维护于他的恩师过世，筱田的处世越发生硬。筱田夫妻之间的不和睦已经超过十年，这件事在画坛内相当有名。”

“所以一直维持分居状态？”速水吃了一惊，“也不离婚，十年间一直分居？”

“也会有这种情况。”道雄说完，陷入轻微的沉默。

“各种各样的人都有嘛。”

伊原很有气势地把腌白菜放入口中，说道。

“其中也有面子的问题。话说回来，成城的房子是筱田夫人继承父母的。夫妻俩分居后，通过女儿明子和秘书才贺进行沟通。他们大概一周去个一两次，除此之外，筱田家没有什么奇怪的人进出。”

顺分别说明了明子和才贺两人的外貌和给别人的印象，并且特意加上，才贺给人的感觉像“忍者头领”。

“这个叫才贺的秘书没跟筱田一起住？”

“没有。才贺有自己的事务所，地点在虎之门。他还是公认会计师。”

顺大吃一惊。这个身份跟才贺的整体感觉根本不搭。

“会计师本来是他的主业，他在业内的口碑相当不错。在筱田的《河川风景》得了某个了不起的奖后，两人才有了交集，这是十年前的事了。”

“两人交集的机缘呢？”

“那可不得了。”伊原笑了，“听在才贺事务所工作的女员工说，筱田完全是不请自来的顾客。‘从外面看，你家事务所的窗户擦得很干净，我很中意。能不能替我理财呢？’筱田因为《河川风景》的获奖突然有了一大笔钱，正不知怎么办才好。”

"才贺就这样接受了？"

"没错。在相处中，才贺发现自己和筱田很合得来，又觉得对筱田放任不管不知他会做出什么事来，于是开始慢慢兼任他的秘书，又慢慢变成了专职的。目前，才贺的会计事务所由他挑选的员工负责，那边的工作进展也很顺利。"

顺默默地听着大人们的谈话。伊原简直把东吾周边的人事关系做了一个大清理，这让他觉得有点儿恐怖。

所谓搜查，就是如此。

顺的心中忽然涌起这个念头。道雄和他同僚们的工作，俨然围绕着"怀疑所有人"展开。现在他们绝不是开开心心地闲聊，而是在开报告会。

尽管是事实，而一旦留意到这点，顺感觉自己有那么一瞬理解了幸惠所抱持的"已经受够了"的心情。

回过神来，顺发现速水一直注视着自己。顺尽量让自己不要对上速水的眼睛，继续吃饭，却感觉内心深处已经被对方读了个遍。

"才贺的体形很结实对吧？"道雄问道。

"对，他喜欢运动，好像什么项目都做。他加入的体育俱乐部的入会金额高达百万，每周都会去一次。并且……"

伊原一口气喝干啤酒，润了润喉咙。

"学生时代，他还做过替身演员。"

顺不假思索地说：

“听起来好像伯特·雷诺兹。”

道雄和伊原全一脸茫然，速水则微微一笑。

“《卖命生涯》是吧，我也看过。”

“烟囱倒掉的那段太棒了。”

伊原听了一会儿两人的对话，才问道：“我可以继续了吗？”

“啊，对不起。”

“没事没事。才贺的父亲在他很小的时候便过世了，好像是战死的。母子二人相依为命，无论是上大学还是参加会计资格考试，在经济方面一直很辛苦。替身演员以小时付费，收入很不错，所以才贺会去做。”

“他做了多久？”

“就调查结果来看，才贺在大学四年期间一直在专业的替身演员公司任职。倒也不是专职的，在演员有应酬的时候才让替身出场。”

道雄不断轻轻点头，仿佛要把听到的讯息写在脑子里。

“才贺家都有些什么人？”

“妻子昌子，还有一个二十岁的儿子，名字叫英次，上大学二年级。英次和筱田的关系也不错，经常去他家，顺君，你见过他没有？”

“没有，今天筱田家只有东吾先生、明子小姐和才贺先生三个人。”

顺开始感觉疲劳。

“感觉伊原先生什么都知道。”

“不光是我，所有的调查专家都是如此。话说回来，今天的菜肴也都是专家级别的，真想把花婶挖到我家去。”

花婶露出愉快的笑容。

“谢谢您的夸奖。不过这道什锦豆腐和醋拌凉菜是顺少爷做的。他还帮忙腌了白菜。”

伊原和速水同时朝顺看来。顺感觉自己脸红了。

“别那么吃惊，最近他都会弄三切鱼片了。”

听道雄如此一说，伊原不由得张大嘴看着顺。

“真想让我家女儿也来学学。她都高三了，连苹果皮都不会削，更不会捏饭团。”

反过来说，这也很厉害。

“你喜欢做菜？”速水问顺。顺点了点头，速水开心地笑了。

“我也喜欢，但感觉很丢脸，不太在别人面前提起。”

道雄吃了一惊：“连我你都没说过。”

“我们太忙了，哪来时间聊这种话题？”伊原说。

“这种事没什么丢脸的。”花婶温柔地说，“速水先生擅长做哪些菜？”

速水搔了搔头。

“怎么说呢……甜点类的比较多。老家的活计都由家母包办，我能够动手做的也就这些了。”

“对我和花婶来说，点心类都是未开拓的战场。下次请教我做吧。”

“好啊。”速水轻笑。他那种害羞的笑容，肯定会惹得女孩们“哇哇”叫的——顺心想。

“等这次的事件解决了，我一定奉上速水俊谨制的起司蛋糕食谱。”

“好啊。”道雄说道，速水也点了点头。随后他们回到原话题。

“关于筱田和才贺过去两个月内的行动，没有什么特别惹眼的。老画家一直待在家里，才贺每天忙于工作。细节部分必须直接问他们本人。女儿明子好像有男朋友，是和画廊有关的人……”

顺说了声“我吃饱了”随即离席，向厨房走去。

花婶随后跟来，说道：

“好辛苦的工作。”

真是这样——顺在内心喃喃自语。真的，累坏人了。

伊原返回本部进行报告，道雄今晚睡在家里，还劝速水留下过夜。

“请不要多虑，能睡的时候就要睡个够。”

“那我就恭敬不如从命了。”

房子内侧约六个榻榻米大的房间传来说话声，不久之后转为道雄的鼾声。

顺待在二楼的房间里，打着复习迎考的名目熬夜，实际却在听广播。

楼下好像有脚步声。

下楼一看，只见速水瘦瘦高高的背影站在面对走廊的昏暗房间的窗边。

顺忽然感觉背后有人，回头一看是花婶。她的耳朵可真尖。花婶看了看速水，对顺点了点头。

“不知他在想些什么。”说着，花婶迅速离开。

顺叹了口气，对速水说道：

“睡不着吗？”

速水转过身来，用手抓了抓乱蓬蓬的头发，缩了缩脖子。

“把你吵醒了？”

“没有，这个时间通常我还没睡。”

顺边说边打开电热器的开关。

“最近很冷，房子也很老，总有风从缝隙钻进来。”

“不会，这栋房子很棒。”

速水安静地坐着。顺决定留下他独自离去，却出乎意料地被对方叫住。

“八木沢先生会在家里谈论事件吗？”

“偶尔会。”

顺和速水并排坐下。

“爸爸说，把事件说出来有利于整理思路。”

但这也是父母离婚的原因之一，顺在心里补上这句。妈妈不愿听到任何与案件相关的话题。

“偶尔也会找到某些提示。”

速水松了口气，垂下肩膀。

“我也想要提示啊。”

他所说的是犯罪声明的字体。

“总觉得在哪里见过，却想不起来，急死人了。”

“你问过别人没有？”

“问了一堆人，但谁都不知道。”

顺把手肘放在膝盖上，作托腮状。

“会不会是匆忙间看到的字体？”

“就算是这样，还是想不起来。”

“伊原先生说过，犯罪声明和匿名信可能用了同一种字体做模本……”

"是这样没错。"速水敲打自己的膝盖，"所以我必须想起来，或许其中隐藏了重要的线索。"

时针指向深夜十二点半，两人却只是干坐着。

"还是不行。"

顺又失望又累，还是转换一下头脑吧。

"速水先生和爸爸目前在追查什么？"

"查找受害人B的身份，每天都围着牙医转。"

第二名受害人装过假牙。为方便起见，搜查本部把最初在荒川发现、死后约三周的女性称为受害人A；日出汽车修理厂发现、死后约一个月的女性则称为受害人B。

"到目前为止，能够找到的身份线索只有那一条。"

"嗯，无论如何都必须确定对方的身份。只要弄清这点，接下去的路就会越走越宽。"

说着说着，速水显得越来越没自信。

只要弄清碎尸案中受害人的身份，距离逮捕犯人便迈进了一大步。通常情况下，之所以将被害人分尸，就是怕其身份曝光；换言之，只要查明被害人身份，被害人身边的可疑人等便可能是犯人——这种教科书般的常识也经常在刑警连续剧中使用。

然而，眼前的事件却与教科书不相符。

犯人曾经掩埋被害人尸体，又将其挖出来，分尸后四下丢弃。本来是谁也不会察觉的案件，犯人却故意将事件大白于天下。

“犯人到底是什么人？为什么会做出这种事？”

“你怎么想？学校里会不会讨论这个事件？像你这么大的孩子对此怎么想？”

“还没到引起骚动的程度，但女生们很害怕。被害人都是年轻女性，她们无法坐视不理。”

“对啊。”速水脸色一暗。

花婶也说过类似的话。

——小少爷，幸亏花婶我已经上了年纪。

——为什么这么说？

——人迟早都要变老。在现在的时代啊，只有到了我这把年龄，女人才能安心地走在外面。

“果然是神经病干的吗？”

“所以才把尸块到处乱丢？”

“嗯……你看，被害人A原先被丢在公寓停车场里。”

“对，随后又被管理员丢到了河里。”

“被害人B被丢在日出汽车修理厂。两个地点没有共通处。”

速水掰着手指数道。

“除了都在东京的二十三区之内，没有其他地理上的共同点。附近有没有什么集会或大型活动？没有。两栋建筑物登记的房主是完全不认识的两个人。两个地点附近有没有最近行踪不明的女性？没有。最近有没有发生与民事或刑事相关的案件？还是没有……”

“没有”连续叠加，很快速水的五根手指便用尽了，全部撑开。

“没有任何线索。唯一相同的是，两个弃尸地点都是容易被发现、外人也可以跑进去丢东西的地方。”

“嗯，也许应该说，正是因为犯人写了犯罪声明指引警察找到尸体，所以必须丢到容易被找到的地方。”

顺叹了口气，中途却变成了喷嚏。

“硬要说的话，两个地点都有屋顶。”

顺半开玩笑的话语，却让速水迅速抬起头。

“都有屋顶？”

“难道不是吗？‘小宇宙东大岛’的停车场位于商住两用型公寓的一楼，日出汽车修理厂的车子当然也放在有屋顶的地方。”

“都有屋顶。”速水重复了一遍，脸色变得很认真，“就算下雨，尸体也不会被淋湿……”

“不会吧？”速水笑着如此说时，身后传来声音。

“太吵了，还不睡吗？”

厨房的灯被打开，道雄因光线刺眼而眯起眼睛。

翌日，顺起床时两位刑警已经出门了。

“警察局又收到了匿名信。”

听花婶如此一说，顺被早饭噎住了。

这次也是通过快递寄送的，同样的字体，内文只有三行。

“JIA YOU XUN ZHAO BA

XIA YI GE DI DIAN SHI GAO GANG GONG YUAN DE

YU DING DI”

03

杀人愉快犯

1

被称作“高冈公园予定地”的场所，在都内只有一处。具体地点是葛饰区东北部江户川的河槽用地，正在建设之中。该地刚修建完毕，尚处于禁止进入的状态，但人们很容易跨越栏杆进入。

这一次，媒体的行动很迅速。这种自我显示欲强烈的犯人，当然不可能只寄一封信件便就此沉默。

搜查进程在电视中直播，全东京无数个家庭和职场的电视全都映出手持检土杖、来回走动的搜查员们的身影。直升机下降到不能再下降的低空，造成的狂风足以吹飞现场诸人的帽子。

高冈公园的形状仿造海鸟展翅的造型，中心地带为鸟的身体，翅膀朝南北对称展开。道雄站在整修中途的步道上，负责指挥北翼尖端位置的搜查。他肩头背着UW-10型号的便携式无线电，随时接收南翼和中央地带池塘的搜索状况。

完全想不通——道雄暗忖。在完全搞不清犯人的意图和目标的状况下，一干警察忙来忙去的状况让他又气又羞耻，恨不得随便抓个人，冲着对方怒吼一通。

经过两小时的搜查，南翼的填土堆里发现了缺少了右手和头部、一部分已经化为白骨的女性尸体。

根据其后的验尸鉴定，搜查本部于翌日——十一月十一日周六——发布最新讯息，表明公园中发现的尸体属于被害人A的残余部分。

2

“东吾先生的家门口？！”

“对啊，碎尸的右手被丢在了东吾先生玄关前的屋檐下。”

时间是下午，顺正在厨房帮花婶煮菜，慎吾上气不接下气地飞奔而至。

“到底怎么回事？”

“不知道，东吾先生给我家打了电话，说警察到他家去了。”

碟子从顺的手中滑落，在地上砸得粉碎。

“小少爷……”

花婶的脸一僵。

就在此刻，头顶上方传来渐行渐远的直升机轰鸣。直升机朝着筱田家的位置飞去。

“走啦！”顺边叫边飞跑出门。

筱田家的周围拉起了警戒线。车、车、车，到处都是车。其中也有电视台的直播车，附近的人越聚越多，隔着马路对面拉开的警戒线望着筱田家，有人被穿制服的巡警制止，有人相互窃窃私语。

“厉害啊……”

慎吾开始颤抖。

“不行，虽然很想过去，但还是不能靠近。”

“东吾先生呢？他人在哪儿？”

顺在人群中钻来钻去，好不容易靠近了警戒线时，正巧看到从警车上下来、走进筱田家的道雄，只见父亲顶着一张痉挛的脸。

“喂，是你老爸。”慎吾扯着顺的袖子，“拜托他的话是不是能进去？”

“不可能的。”

顺无可奈何地被人潮搓来揉去，忽然听到了熟悉的喊声。

“对不起，请让我过去，请让一让！”

顺转头一看，原来是明子。她同样在奋力突破人墙，娇小的身体几乎被揉碎。

“明子小姐！”

喊了好几次，明子才注意到顺。她看上去惊慌失措，眼睛湿漉漉的。

“小顺！到底怎么回事？我一看到新闻就跑来了，我家门口怎么会出现尸体呢？”

明子快要哭了。顺和她一起钻到警戒线边缘，明子对距离最近的巡警喊道：

“我是筱田的……”

女儿——顺及时制止了明子喊出这两个字，并压低声音告诉她，附近站着戴着臂章的电视台记者。

“我是筱田东吾的家人，请让我过去。”

巡警快速打量了明子一眼，将警戒线拉高。明子牵起顺的手。

“这孩子也是我家的人，他也要进去。”

两人钻过警戒线往房门口跑去，后方持续的相机闪光追踪着他们。

屋内万分拥挤，不光有刑警，还有身穿作业服的鉴定科成员。

“爸爸！”明子的声音带着颤抖。

东吾待在挂着《火炎》的房间。他表情严肃地坐在地上，看见明子和顺才站起身来。

“你们来干什么？”

“别说这种话！”

明子飞扑过去，一把抱住东吾的肩膀。

“冷静点儿，一切交给警察处理就行。”

“是东吾先生发现的吗？”

东吾点了点头，脸颊恢复了些许血色。

“是的，害我大吃一惊。然后打了110报警，手却抖个不停。”

明子紧紧握住父亲的手，父女俩相互搀扶，无意松开对方的手。东吾低声说：

“明子，让你担心了。”

房门没有关闭，可以看见鉴定科的人进入和室。顺瞪大眼睛看着东吾。

“必须侦查看看还有没有其他尸块。也许什么地方还留下了犯人的痕迹。”

“但……闹得这么大……没法偷偷调查了吧？” 爸爸，真的没什么办法了吗？顺很想大叫。

“当然不可能了。警察也相当费心的——说真的。小顺，不许因为这个跟爸爸吵架。”

屋外传来怒吼，是才贺。

“请给我注意点儿！为什么我们必须忍受这种待遇！”

随后传来其他人轻声劝慰的声音。东吾苦笑着摸了摸顺的头，随即走出房间。

顺也从屋内伸出头。他的目光忽然碰上了快步从玄关处走来的道雄的目光。道雄不由得仰天一叹。

“顺！你怎么在这里？！”

东吾沉稳地劝说：

“令郎是我的朋友。请别担心，他不会干扰任何人。”

随后，东吾对着仍然摆出挥拳姿态的才贺，态度干脆地说道：

“他们保证会对我们提供帮助。特意跑来抛尸的犯人或许还留下了什么线索，就让他们调查。你也不必气成这样。”

“但是，老师！”

“不要再说了，行吗？”

才贺吐出一口气，紧咬嘴唇。

“既然老师都这么说了……”

“不好意思。”

才贺转向道雄，克制地说：

“请你们绝对不要触摸《火炎》，请告诉那些进出的刑警务必当心。万一画作遭到损伤就完了。”

道雄表示理解。

“我向您保证。”

搜查都进行得相当彻底。

每个房间的榻榻米都被掀开，警察甚至还钻到了地板下方检查。壁橱全被打开，天花板上方也被彻底搜查了一遍。

静静守在一边的顺发现，相较发现尸块的现场，警察们对屋子内部的搜索更为细致周到。警方果然还是很在意寄给道雄的匿名信。所谓警察，果然要做到事无巨细。

筱田东吾会是犯人吗？

怎么可能？真犯人到底出于什么目的才寄出那种信，对方到底是什么人？

才贺端着一张强压火气的脸，始终留意着部分搜查行动。设计并建造了这栋房子的事务所相关人员也被叫到了现场。

东吾和明子待在率先完成搜查的房间里。东吾反复回答刑警们的问话，把早上十点左右在庭院中发现了飘着异味的纸袋的经过说了好几次。

“头天晚上您没注意到任何动静？”

“完全没有。”

“有没有发现可疑的人影或者车辆？”

“都没有。在发现那个纸袋之前，没发现任何可疑状况。”

过了一个小时，东吾显示出疲态，接下去由明子代为回话。顺不由得担心起来。

“能不能出去休息一下？”

“为了准备作品展，你还是不要熬夜工作。”

东吾也在为女儿担心。女儿则摇摇头。

“没关系，我就待在这里。”

她边说边握紧父亲的手。

偷偷向窗外窥视，围观人群并没减少，媒体也在顽强驻守。电视上常见的记者混在人群之中，给人一种奇妙的非现实感。

“罪大恶极的杀人犯和筱田东吾之间，是否有着某种关联？”

记者用上了十足的力道问道。

都在胡说八道些什么啊，明明案件还没解决呢！顺在心里对自己撒气。

报道仍在继续。

“担任搜查的某位刑警的家庭地址收到了告发筱田氏的匿名信，本事件的搜查本部却隐瞒至今。”

顺哑口无言地张大嘴。匿名信的事终于曝光了。媒体之所以骚动，也是因为这个。

“尽管警方声明，匿名信和寄到警方手中的犯罪声明并非出自同一人之手，但从筱田东吾的住宅发现尸块的现状来看，以上声明可谓搜查本部的一次当众出丑。”

开什么玩笑？尸体的右手才不是在玄关前“被发现”的，而是“被丢弃”在这里才对。

“气死人了。”

顺不假思索地说。

东吾伸手关紧窗户，轻轻一笑。

“别人想说什么就让他们去说好了。警察很快能调查清楚。”

顺鼓起腮帮点头。

然而，东吾先生看上去真的不生气。“喧哗东吾”的异名跑到哪去了？又或者说，在艺术争论上的直言不讳和眼下的状况是两回事？

两小时，两个半小时，搜索仍在继续。明子看上去越来越疲惫，顺立刻走出房间寻找道雄。

道雄正在最里面的房间，用便携式无线电说着什么。这间屋子的搜查已经结束，地面上铺着房子的设计图。现场的刑警只有道雄一人，顺等到父亲通话完毕，才拉拉他的袖子。

爸爸——刚想这么叫，却临时把这两个字咽了回去。在现场还是得叫——

“刑警先生。”

道雄转头，眼光跨过自己的肩膀看见了顺，眉毛跟着一动。

“能不能让东吾先生的女儿到外面去？不会让她走太远，就在后藤会长那里。不能带她去我们家对吧？”

道雄思忖片刻，看了看周围。

“筱田的女儿……可以，找个人送她出去。”

“不行，这样太显眼。要是被媒体追踪就太可怜了。如果能让她出去，我自有办法。”

“什么办法？”道雄刚发问，面向河川的窗户外面便传来一声口哨声，声音之低，道雄根本没听见。

“来了。”顺对父亲笑了笑，“救星来了。”

一打开窗户，顺便看见了慎吾的大圆脸。

顺和明子一起爬出窗台，登上河堤。筱田家面向河川的这边尚未引起媒体的注意。

明子仍然挂心被留在家里的东吾，但才贺仍然留在那里，她才被说服。

“而且你住在成城的母亲也会担心吧？得赶紧和她联系一下。”

慎吾准备了两辆自行车。明子坐在慎吾那辆车的后面。

“我就料到会走‘偷’无路。”

“谢谢，帮大忙了。”

不过，那应该是走投无路才对。

一行三人静静地从房子的阴暗处溜出，在河堤上方骑车飞驰。“飞吧！”边喊边用力踩踏板时，顺不经意地看了河堤下方的人群一眼，忽然看到一张女性的脸。

不会错的，正是那晚出现在筱田家外面的人。对方一头长发。顺立刻猛刹车，前面的慎吾和明子一起回头。

“怎么了？”

顺挥手表示“你们先走”，随后掉转车头往河堤下方骑去。他绕到人群后方，用手推开人墙拼命向前。就是她，就是这样的长发，唯一不同的是这次对方穿了白色的外套。

“那个，请问。”

对方朝顺的位置看过来。她的眼中带有一抹怀疑的阴影，随即忽然有了焦点。她也记得我，顺想着，不由得压低了声音说道：

“虽然是很久之前的事，但我们在这里见过。我是筱田先生的熟人，你是……”

“很抱歉。”对方用意想不到的温柔口吻说，“我想你认错人了。”

说完她便背对着顺，小鹿般灵敏地混入了人群之中。

“等等，请等一下。”

对方头也不回地继续往前走。顺拼命在她后面追。走了一段路之后，人墙逐渐不那么紧密了，顺终于追上了对方。

“请等一下，你还记得我对吧？你到底是谁？到底有什么目的？为什么在筱田先生的家门口转来转去？”

“转来转去？”

对方忽然停下脚步，转回身来。这突如其来的面对面，险些让顺滑倒。

“我才没有转来转去，你认错人了，好烦。”

“我肯定见过你！”

女子面露焦躁，狠狠地跺了一下脚。顺张开双腿稳稳站立，以示对抗。

随后，对方的肩膀却忽然脱力，自己竟然会对一个小孩动怒，似乎让她感觉很不好意思。

“我们或许真的见过。”她用哄孩子的语调说。

“在哪儿见过呢——大概是马里昂巴德？是去年吧？对，我们确实见过。”

“你说什么？”

顺被不明所以的话搞得一阵困惑，对方则露出恶作剧般的笑容。

“这样你满意了吧？再见啦。”

说完她便急急忙忙离去。趁顺发呆之余，对方乘上恰巧驶来的出租车扬长而去。出租车经过顺的身边，车内女子的侧脸在顺的眼前一闪而过，那张脸上已经完全没了笑意，再次换回了严肃又不安的表情。

被留在原地的顺无计可施，只得离开。

我在马里昂……马里昂巴德见过她？那又是什么地方？

顺回到后藤家，坐在事务所沙发上的慎吾和明子迎了过来。后藤会长和后藤夫人正在安慰明子。

“怎么了？是在找谁吗？”被这么一问，顺只能笑着搪塞过去。

新闻一直把筱田家的搜索情况直播到最后。这次异常事件的犯人究竟将世人的神经挑拨到了何种程度，由此可见一斑。

“对东吾先生来说，真是一场大灾难。”后藤会长说着，用力耸了耸肩。

慎吾感慨万分地说：

“八木沢家的老爹简直满脸的不幸啊。”

不知是否是附近有警察专用无线电的干扰，电视偶尔会闪屏。尽管如此，人们仍在继续收看着直播。

3

被抛弃在筱田家的右手部分属于在日出汽车修理厂被发现的被害人B。

对于犯人会不会发来类似“哎呀，你们发现了”的反馈，搜查本部有那么几分期待。然而，犯人却以其他形式背叛了警方的期待。

第三封信是在十三日周一送达的。同样的便笺、同样的字迹，以同样的形式书写。

“ZAI ZUO YI CI HU WAI DIAO CHA BA”。

内容只有一行。犯人还随信附上了埼玉县北部丘陵地带的扩大版地图复印件，其中一处用红色的万能笔打了一个大大的叉。

经过调查发现，这是鸿巢市的地图，被打叉的部分是当地一位地主所有的一片小型山丘和杂木林。同样也是外人能够随意进出的地方。

搜索展开的五小时后，一片枯叶覆盖的地面下方发现了缺少头部、右手和左腿膝盖以下部分的腐尸。次日傍晚时分，警方确认了这些尸体部分属于日出汽车修理厂发现的被害人B。

至此，警方搜集了两位被害人的尸体。然而依旧没能查清两人的身份，更找不到关于犯人的明显线索。一时之间，搜查本部既要和媒体机枪扫射般的密集报道作战，又要进行高强度的搜查。

“犯人到底有什么目的？”全体刑警都如此自问。

警方整理了目前已知的事实。

犯人在十月上旬杀害了被害人B，并将其埋在鸿巢市郊外的丘陵地带。接下来在十月中旬杀害被害人A，埋在高冈公园。随后，推断在进入十一月后，又将两具尸体挖出，取下A的头部和右手，以及B的头部、左腿和右手部分，分别丢在“小宇宙东大岛”“日出汽车修理厂”及筱田东吾家。最后，通过书信形式将弃尸地点告知警方。

犯人的所作所为究竟有何目的？对方这么做究竟能有什么好处？

然而，在此期间也有了几点全新的判定。第一，通过解剖发现，两个被害人在被害前均有遭受性暴力的痕迹。两位女性体内残留的精液分别检测出两种血型。至此，犯人至少有两个人的事实变得越发明确。

“这都是可以预想到的情况——总让人感觉‘又是这样’。”

道雄对发牢骚的伊原说。

“这样说也许会被误解，但我还是松了口气。”

伊原定定地注视着道雄。

“松了口气？”

“是啊，至少可以说，犯人不是单纯喜欢杀害女性才动手杀人的。”

伊原缓缓点头。

“真是个讨厌的时代。”

第二，被害人A的胸部和腹部有因压迫而产生的瘀血。从位置来看，应该是犯人骑在被害人身上，将被害人绞杀的。

然而，被害人A的左手肘向外侧扭曲骨折，这也是生前造成的。

“犯人殴打了被害人，以防被害人抵抗。被害人的手腕就在那时被折断……”

“应该是力气相当大的男性吧。”速水说道。道雄摇了摇头。

“你认为杀害两名女性的犯人是同一个人吗？”

“应该没错吧。”

筱田东吾的名字和过热的事件报道并行，每天都在各大媒体中登场。

其中闹得最凶的是综艺类节目，受够了采访攻势的东吾离开自家主宅，寄宿到了才贺在中野的家中。成城的筱田家主宅也大门紧闭。小作品展也决定延期举办。

搜查本部调配人手，向筱田东吾及其关联者们集中搜集线索。道雄和伊原几乎每天都会见到东吾或才贺。

东吾坚强地忍耐着。老画家的配合程度，让人不由想到是否“喧哗东吾”的异名早已成为过去时。

反倒是才贺始终保持着顽固的态度。一旦涉及忽然被强迫裹上隐居生活的东吾，对方几乎都会脱口而出“你们少管闲事”。

“我们会照顾老师的生活。我太太也会帮忙，请你们不必担心。”

事实上，就在道雄等人的可见范围内，才贺的确将东吾的四周围得固若金汤，尽可能地让东吾过上平静的生活。自然，媒体也无法再干扰到东吾。只要平常和东吾有接触的，从画廊的工作人员到美术界各色人等，全被才贺正式通告，让他们别拿这次的事件去烦东吾。

“简直是铜墙铁壁。”伊原露出苦笑。

搜查本部开始在东吾的周边根据两个假说展开调查。

第一，是东吾或者筱田家的相关人员直接参与了该事件。其中也包含围绕筱田家展开的谜之谣言。

东吾、筱田夫人、明子、才贺、才贺之妻昌子、夫妻的独生子英次，警方将这六个人在两名被害人的推断死亡时间左右的行动彻底调查了一遍。他们确认这些人有不在场证明，还采集了六个人的笔迹，与犯罪声明的笔迹进行对比。

第二，犯人对东吾或其关联人保持某种恶意，从而让他们卷入事态当中。事件的背后，或许存在某个深恨东吾的人。

自然，道雄和伊原都以这两个假说为基础，与东吾展开了谈话。东吾的态度则是：

“我也变成嫌犯了啊。”他边说边露出疲态。

你对犯罪声明和其他书信所使用的便笺和信封是否有印象？对字体呢？事件前后有没有在附近发现可疑人等？熟人或亲戚中有没有年轻女性最近行踪不明？有没有接到过无声电话或恶作剧电话？

东吾对所有提问的答复都是“没有”。

“你有没有被什么人恨上？”

东吾用之前回答顺的同一句话回复道：

“这种人太多，根本无从说起。”

“也就是说，您在画坛算是风云人物了？”

对道雄的提问，东吾一笑。

“算是吧。异端者、外人，本不该出现在画坛的家伙。说到画坛，特别是日本画坛，根本就是个不承认创新的领域。并且，我算是个缺乏教育的家伙，只有小学教育程度。某个大学教授称我为‘宾治画家’，当时我发表了水墨画风格的裸体女子画像。”

“当时发生争吵没有？”

老画家颇为得意地点点头。自从警方开始搜索他的房子，生气头一次回到他的脸上。

“我和那人在某个宴会上吵了起来，我把那家伙丢进了装水果宾治的盆子里。那时我只有五十岁左右，身体还相当不错。”

“‘宾治评论家’啊。”

“他的脑袋上沾了菠萝块儿。”

东吾满不在乎地说。

道雄不由得笑出了声。

“总之从那以后，和我过不去的人就变多了。在很多方面招人怨恨。”东吾说着叹了口气，道雄也跟着收敛了笑容。

“您的住处没有对外公开对吗？”

“只要有信送来，打开看看总是人之常情吧。就算知道内容很无聊也会看看。所以一开始就设计成不能收信，也不会有人登门的情况。”

这也是一种处世之道。道雄心想。

“但搞成目前的状况，就算事件解决了，也得搬到其他地方去了吧？”

托媒体的福，东吾的画室也变得人尽皆知。综艺节目甚至公开了不知从什么渠道获取的房屋平面设计图。

然而东吾只是摇头。

“返回下町的时候我这样想，再也不会从这里搬走了。等警方逮捕了犯人，世人很快会把我忘掉，舆论也会冷却。”

真稳重啊——或者不如说是某种淡漠又茫然自失的模样。道雄不禁有些担心。

“您的身体情况不太好吗？”

“你在问我？”

“是的。”

“没这回事。不过有些疲劳罢了，毕竟被卷入这种事态中。”

说着，东吾像想起什么似的，面向两位刑警问道：

“靠你们手里现有的线索，能抓住杀害两个姑娘的犯人吗？”

道雄和伊原飞快地对视了一眼，随即回答：

“我们会尽最大的努力。”

东吾注视了道雄片刻，在缩回目光的时候自言自语道：

“很难说吧。最近的警察多数是蠢货，就算抓住犯人也会很快让对方逃掉。”

整个询问阶段，提问主要由道雄负责，伊原在一旁安静地做笔记，并观察东吾。

坐上返回本部的警车后，道雄才问伊原对筱田东吾的看法。

“不是个好对付的老爷子，很会挖苦人。”

伊原边嗤笑边开车。

“但也是个有趣的人。”

“你不觉得他很没精神吗？和他的绰号不沾边。”

“是不是跟艺术有关才和绰号相符？”

道雄并不同意伊原的观点。在他看来，即便和自己的所在领域不沾边，东吾这号人物也是尽可能发表长篇大论的类型。

“说不定是因为对方压根儿不信任警察呢。老爷子可是说‘最近的警察多数是蠢货’。”

伊原如此一说，道雄点头表示赞同。

“我也很在意他说的话，但不是这一句，而是‘就算抓住犯人也会很快让对方逃掉’到底是什么意思？”

路灯变红，车辆纷纷停下。两位刑警的所在车辆前后与对面的机动车道，全被各式各样的车辆填满。现在已经到了高峰时段。

伊原注视着车流说：

“这样我想到最近××县警察犯下的蠢事。还记得吗？他们驾车追踪强盗，却眼睁睁看着他们逐渐拉开距离逃走。犯人逃跑时开的车比县警的搜查车性能好得多。”

那可是导致媒体对警方形成围殴姿态的重大事件。

“对啊……就是这样……”

道雄用暧昧的方式作答复。东吾的一番话让他特别挂心，那种感觉，类似车辆一闪一灭的车灯。

“……就算这么说，我们若曲解了意思就会搞不清方向。”

听到道雄的咕哝，伊原扭过头来。

“你说什么？”

“没什么。话说，你觉得那人的画怎么样？”

“我倒不觉得他的画有多厉害，只知道一张画的价值比我一整年的收入都要高。”

“你这不叫审美眼光，只是陈述经济观念。”

“是啊。而且有点儿嫉妒。”

伊原坦率地笑了。

4

警方也拜访了筱田夫人和明子，并未获得有价值的线索。

母女俩表示，并不记得自己做过什么招人怨恨的事，身边也没有失踪的女性友人。

根据事件的性质，搜查本部决定在事件相关人等的人际关系范围之外重新调查两名被害人的身份。即便如此，明子还是心力交瘁，本就体弱多病的筱田夫人也再次住院。对于心脏病患者来说，本就承受不了这种程度的压力。

当得知筱田夫人仍然为东吾挂心，道雄破天荒头一遭在本次事件中有了被拯救的感觉。即便因感情不和而分居，这两个人也还是夫妻。

剩下的是才贺一家人。才贺更是被询问了好几次。不管怎么说，他都对筱田东吾的生活知之甚详。

询问中既有关于东吾的，也有事关才贺自身的。才贺替东吾包办了所有事务，还要代管财产，更因此次事件而严重削减了睡眠时间，不停地奔走。

在位于虎之门的事务所或移动中的车内会见刑警时，才贺通常满脸怒气，也完全不打算隐藏自己的情绪。他对警察发火，对媒体发火，也对不知身在何处的不知名犯人发火。

被问到知不知道东吾被卷入事态的理由，才贺一味摇头。

“老师的确树敌颇多，但那些人若真的恨老师，也不会采取这种方式。这点我可以肯定。”

才贺在自己的事务所中说出这番话。事务所里有一间专属才贺的独立小房间，房间里有一张擦得晶亮的壁桌。桌子右手边的墙面上，挂着一张东吾描绘的达摩像。

这间房子清扫得很彻底，书架上纤尘不染，地板上找不到一根头发。文件夹归类整齐，所有类型一目了然。

道雄环视室内，发现桌上放着一张才贺的全家福。

在此之前，道雄也接触过把家人照片放在办公桌上的商界人士。受国外的影响，最近会如此做的人似乎有增加的趋势。不知是为了减少因工作繁忙而忽略家庭的罪恶感，还是表示

“我是顾家型的男人”，以此博取顾客的好感。

才贺抱着胳膊斜视桌面。

“很多人都在说，这次的事件是憎恨筱田先生的人干的……”

才贺扬起眼光看着道雄和伊原的脸，摇了摇头。

“为此目的就杀害两个无辜的人，反正我不赞同这点。这太奇怪了。”

“哪里奇怪了？”

“和筱田老师相处之后，我对美术的世界也有了一定程度的认识。不论是画家还是画廊经营者，只要和美术世界有关联的人，全都对‘美’有着相当的重视。杀害他人，再把开始腐坏的尸体分成一块块还到处乱丢，根本不符合‘美’的意识形态，美术界的人应该做不出来。”

全新的视角给出的解释仿佛给道雄眼前打开了一扇窗。

“和犯人的感觉完全不吻合，是吗？”

“没错。警方对这个事件的犯人是如何设想的？”

道雄斟酌着回答方式，才贺则露出苦笑。

“如果不方便回答，就不必说了。”

“也不是不能回答，而是还没有明确的判断。”

“媒体称犯人为‘杀人愉快犯’。”

如才贺所说，最近耳边常常能听到这个词组。

“是这样没错。但作为警方，我们不能轻率地表示赞成。”

随着敲门声，年轻的女性员工端着咖啡进来。从开门的方式到咖啡杯的摆放，再到行礼的方式无一不标准，堪称无懈可击。

在这个个人事务所中，每个员工的工作态度都如同一面镜子，清楚地映照出老板的个人形象。事务所井然有序的模样让道雄再次确认才贺个性中的一丝不苟。

“我先为多次的无情提问而道歉。东吾先生或您的周围，最近有没有行踪不明的女性？”

“和两个被害人年龄相当的女性，对吧？”

“没错。”

才贺沉思着啜了口咖啡。

“我也说过好多次了……事务所的员工一直是固定的这几个，老师身边也没什么年轻的女性。若真有，可能也是老师女儿的朋友之类的吧，但她们不会到老师的画室去。”

伊原出声询问：

“恕我失礼，筱田先生是否有情人？”

一口咖啡从才贺口中喷出。

“请别开玩笑。也对，老师和夫人长期处于分居状态，你们会如此推测也不奇怪。但他们分居时，老师都年过六旬了。”

“这种事和年龄无关。”

听伊原如此说，才贺抱住自己的头。

“也对。但老师没情人，也没私生子。当然，我也一样。”

随后，才贺露出看着用蹩脚的方式伪造双重账本、企图逃税的经营者时才有的目光，注视着道雄和伊原。

“其实，你们应该把我们的人际关系都打探清楚了。”

伊原开始咳嗽。才贺露出游刃有余的笑容。

“要说会出现在老师身边的年轻女性，应该都是画作的模特吧。但老师也有好几年没用模特了。”

话语忽然中断，才贺将目光投向半空。在道雄看来，对方的模样略显夸张。

“对了，模特。有个年轻女孩曾跑来，说希望做模特。”

“什么时候的事？”

才贺站起身，看向贴在墙上的时间表。

“具体时间不记得了，但应该……在九月末。是英次把那女孩带到事务所来的。双方只见过那一次。老师说可以让那女孩试试看——老师没告诉你们吗？”

“没说过。”

“也许他忘了。”

才贺伸手拿起电话。

“我把英次叫来。他应该能详细告诉你们。”

才贺英次长得很像他的母亲。他身形细长，面容温和。只有在他挽起袖管，才能看到晒成褐色的手腕上有一圈戴手表留下的白色痕迹。他爱好运动，喜欢户外活动，这点和父亲相同。

但他却显得无精打采。

他似乎生过一场大病。穿在他身上的毛衣肥大得直晃荡，应该不是刻意设计成那样的款式。

“很抱歉把你喊来，会不会影响学业？”

听道雄如此问，英次露出“可以回答吗”的眼神，偷偷看向父亲。随后才小声回答：“没关系，今天我待在家里。”

“你是法律系的学生？”

才贺替儿子答道：“是的。”

“将来想做法官？”

还是才贺代子回答：“不，他想做律师。对吧？”

英次目光朝下，轻轻点头。

“将来他会和我共同经营事务所。今后律师的经济状况也不一定明朗——啊，不好意思，说正事吧。”

英次坐到父亲的一侧，找了个不用直接面对两名刑警的位置。道雄不得不用似乎在窥视他的方式开始提问。

英次的确将一名希望做模特的女生介绍给了东吾。

“就一个人？”

“对，她叫相沢惠。”

“是你的女朋友？”

“嗯，算是吧。”

“你有相沢小姐的住址和电话号码吗？”

英次表示不知道住址，又说出了电话号码。伊原写完笔记，立刻起身。

“请让我借用一下电话。”说着，伊原走出办公室。

道雄继续提问。

“你们在哪里认识的，又是通过什么方式把对方介绍给东吾先生的？”

英次胆怯地看着父亲。他比才贺长得高，表现出的态度却宛如幼儿。

“不必战战兢兢的，把你知道的说出来就行。”才贺严厉地说。

“我和她是在某个集会上认识的。”

集会由“行动妇女团体”主办，于九月二十四日周日在市中心的会馆举行。

“集会上有小组讨论和拍卖活动，她在拍卖会举行时，在舞台上帮忙。据她自己说，她是被雇来的。我们在会场上聊了聊，变得亲近起来，之后约会过几次。”

“最近没再见过她？”

“没有，最后一次见她应该是一个多月前了。现在完全联系不到她，手机也不接，我应该是被甩了。”

道雄心中响起一阵硬物撞击的声音。

“那次集会的主旨是什么？”

英次的喉咙上下动了动，不知怎么回答似的寻找可说的话。于是，才贺接下话来：

“我也拿到了那时分发的宣传册。”

“您也有？”

“是啊。”

才贺拉开抽屉，取出一本薄薄的双色印刷的小册子。道雄接过小册子打开一看，只见“预防凶恶犯罪的低龄化，要求为被害者救济制度特别立法”等字样赫然在目。

道雄抬起头，只见才贺目不转睛地盯着他。

“英次为什么会去参加那次集会？”

“是我劝他去的。东吾先生是集会的协助人，您请看看宣传册后面。”

那里登了一篇名为“万勿践踏宝贵的生命”的短小文章。

作者是筱田东吾。

就在此刻，伊原带着紧绷的目光返回。

“电话不通，因为欠费停机了。我联系了电话局收费科，收费员有前去催缴，但相沢小姐不在家的情况超过了一个月。”

5.

相沢惠独自生活在新宿区若叶町的公寓中。在搜查了她的住所之后，刑警在抽屉中找到了牙医的诊查券。该牙科诊所位于大手町，每年接诊的矫正牙齿患者约有一百名。

调查了相沢惠的诊疗记录后，发现其与被害人B的假牙完全一致。至此，时间已进入了十一月八日，是事件案发后的第十四天。

在相沢惠的父母确认尸体、确定其中一名被害人的身份之后，事件开始急速启动。

首先，搜查本部将参加同一集会的全体女性的情况彻底摸查了一遍。很快，便发现集会当日与相沢惠一起被雇来打工的、名叫浮田聪子的女性行踪不明。浮田聪子老家的亲人也开始担心始终联络不上的聪子。

无论年龄、身高、体重、其他身体特征以及血型，浮田聪子的特征都与本案的被害人A一致。浮田聪子最后一次被人看到的日期是十月十六日前后，这也和被害人A的推断死亡时间相符。浮田聪子独居，靠打零工维生，做过礼仪小姐，也在俱乐部工作过。

十一月二十三日是劳动感谢日，各大报纸的社会版块都出现了碎尸案的两名被害人身份的明确报道。铺天盖地的报道又引来了案件调查的最新进展。

在得知惠和聪子在妇女团体打过工的情况，日出汽车修理厂的老板拜访了城东警署的本部。对方的额头上依然沾着机油，穿着工作服直接赶来。

“我给那个集会捐过钱。在我这里办公的女孩子拿了宣传单回来，我读了下内容，感觉不错。”

那次集会的诉求是：希望修改少年法，面对杀人、强盗、诱拐、强奸等重大刑事犯罪，十五岁以上的未成年应与成年人判刑相同。

集会后半场的拍卖会，主旨是为今年春天被暴走族少年刺杀的上班族家属筹集善款。

“上面的人决定的法律条文什么的，太复杂了我搞不懂。但最近的小鬼们似乎很明白，自己尚未成年，法律治不了他们的罪，所以什么坏事都敢做，被杀的上班族太惨了。”

“您捐了多少？”

“五万。反正存起来也会被税务局拿走，不如捐掉。在我这儿工作的女孩参加了集会，回来后得意地说，我家的公司名称和捐赠金额在会场的‘捐赠者名单’中张贴出来了。”

搜查本部的氛围随之一紧。

自从搜查伊始，案件始终被一根看不见的线牵着，如今又让警方看到了另一条关联线索。

集会的宣传册上印了好几个广告。其中有一家名为“极东不动产”的公司，该社出售的最新公寓楼正是“小宇宙东大岛”。

并且，闻名于国际的画家筱田东吾还在宣传册上发表了“轻易剥夺他人性命之人不可原谅”的诉求。

掩埋两具尸体的地点分别是高冈公园和鸿巢市郊外的丘陵地带。以上地点并非碎尸被刻意抛弃的地点。并且，刻意选择抛尸的三个地点有一个共通点。

那场集会就是关键。

不知名的犯人仿佛一直在等待这一刻似的，上述情况一经报道，相同字体的匿名信立刻飞到了搜查本部。

“NI MEN ZHONG YU NONG MING BAI LE

“GONG XI GE WEI JING CHA

“WO MEN CAI BU HUI BEI NI MEN DAI ZHU

"ZAI JIAN"

6

"吹牛的捐款人、投放广告的，以及筱田东吾都是名人。犯人以集会为目标，瞄准那些身在集会现场却不赞成集会的主张、单纯只是被雇来打工的——换言之就是外部人员的年轻女性，将被害人碎尸后抛弃。这样一想，犯人的肖像就逐渐清晰了。"

川添警部的眼光扫过会议室里每位刑警的脸，说道。

搜查会议不再是毫无头绪的瞎忙。

"也就是说，本次案件可看作一种警告，或许是报复杀人——对待开展旨在改正少年法的集会、对这种行为进行援助并表示赞同的人们的一种敌对行为。"川添警部仿佛被看不见的人扭住了脸，表情开始歪斜："虽然不是从匿名信上写的'我们'来判断，但犯人应该不止一人。从被害人尸体的样子也能看出。"

道雄和速水并排坐在一起。在道雄专注于筱田东吾相关搜查的这段时间，速水一直围着负责查找便笺纸和信封流通路线的班组转，两人也有好久没碰头了。

"你身上是不是沾了纸张的味道？"道雄说着拍了拍速水

的肩膀，对方用和之前相同的方式弱弱地猛眨眼。

换作平常，川添警部一定会精神百倍地训斥手下，但如今却连隐藏自己灰暗脸色的想法都没有。他在黑板前来回踱步，抱紧的双臂垂到腰的位置。

“问题在于，犯人究竟是如何接近两位女被害人的。大家必须集中搜查，务必找出犯人和被害人之间的连接点。一定有人还记得她们——还活着的她们。”

本地的一位刑警举手发问：

“为什么犯人没在杀害被害人之后立刻分尸，而是在掩埋一个多月之后才重新挖出，并且抛尸？”

道雄小声询问速水：“你怎么看？”

速水悄声回答：

“会不会在等待杀人的痕迹消失？”

久保田起立，说出了和速水的判断差不多的话，并且还说：

“或许说，犯人只能在可能被其他人目睹与被害人在一起的条件下，才能够接触到被害人。这跟随机杀人不同，只要被害人的目标集中在那场集会上，犯人就不得不小心。”

“嗯……”

“既然如此，若杀人后立刻分尸，一旦警方查明被害人身份，可能有人立刻会想起犯人和被害人在一起的场景，可能还会记得犯人们的长相和特征。这样做太危险了。而一旦过去一个月，目击者的记忆也会变得淡薄。目击者本来就没留意他们的样子，能够提供正确证言的人就更少了。”

“那为什么损坏被害人的脸？”

“应该还是为了拖延被害人身份被查明的时间吧。”

道雄再次低声向速水说道：

“你赞同吗？”

“我认为久保田刑警说得没错。目击者的记忆很容易变模糊。尽管搜查本部已经把事件发生后的时间缩短到了五十天之内，但过去了这么久，就算动员再多的警力，能够打听到的线索还是不值得期待。”

“你合格了，想法不错。”

“我也这么认为。”川添警部答道，“正因如此，今后的搜查将相当困难。”

这次轮到速水压低嗓子向道雄问话：

“八木沢先生有不同意见吗？”

“不，并不是这样的。”

“但是……”

“只不过，如果这个假说成立，就会给人一种犯人的头脑好到不行的固定印象。”

在确定了以集会的出席人员为中心寻找目击证人、逐一调查两位女性被害人的行动方针之后，会议宣告结束。

道雄走向川添警部。

“很抱歉，但能允许我朝别的方面调查吗？”

警部抬了抬眉毛。

“朝哪方面？”

“我想再深入调查一下被害人——特别是相沢惠与筱田东吾、才贺英次之间的关联。不管怎么说，这都跟调查相沢惠的行动相关。此外，寄到我家的匿名信还没有头绪。”

警部仅停顿了片刻，便允许了。

“你想带谁一起行动？”

“我去。”道雄身后冒出速水的声音。

7

事件取得了大幅进展，东吾也开始隐居，顺变得无事可做。

当然，顺仍然没把这次的事件放下。他仍然关注报纸和新闻，心头牵挂不已。寄给八木沢道雄刑警的匿名信的事也被公开——报道中以“Y搜查员”代替真名，但同时又写了“住在同一地区”来形容，这样一来，本地的居民立刻就能看懂——短时间内，周围的同学和邻居们变得好吵。

气氛也向不好的方向转变。只有住在邻近的居民得知道雄的真实身份，附近的空气中也混入了诸如“难道说”和“说不定是……”的感觉。令人不快的窃窃私语不绝于耳，就像大风季节中被吹得乱响的电话线。

唯一没有改变的是花婶。她每天操持家务，两天给道雄送一次换洗衣物。

在得知真相之后，花婶的家人也会很担心吧。这也是人之常情。

“我没问题的，您不必继续留下过夜了。”顺如此拜托花婶，对方却置若罔闻。

“这可不行。万一发生了什么状况，我在和不在的结局可能会差好远。”

最终，花婶的家人被说服了。但作为交换条件，每天晚上都会有一通“我奶奶在吗”的电话打来八木沢家。

“是您的孙子吧？”

“是啊，已经读小学了。”

“真可爱，我也好想有个兄弟。”

临近十一月末尾，风越吹越冷。到了周日，顺和花婶给窗户的缝隙糊上纸，预防冷风溜进屋子。

正当顺在二楼处理自己房间的窗户，花婶的喊声从楼下传来。

“小少爷，有客人。”

顺下楼一看，只见裹着外套站在寒风中的人，正是幸惠。

幸惠带来了亲手做的松糕。花婶送上了热腾腾的咖啡，随即贴心地出门购物。

“本来是想早点儿来的。”

幸惠用手掌包住咖啡杯，如此说道。

顺每个月和母亲相聚一天，通常都是在外面。而幸惠之所以等不及相见的日子直接跑来八木沢家，应该是听说了事件的相关消息。

“你还好吗？”

“嗯。”

“房子不错。”幸惠来回打量起客厅。

幸惠似乎瘦了一些，从前留到肩膀的头发剪成了短发。是不是她再婚对象喜欢的发型呢——顺如此一想，又对自己产生了厌恶的情绪。

顺知道母亲再婚对象的名字——大原义男。但在他心中，从未把对方当成“母亲的丈夫”。

“你怎么了？”

“没怎么。”顺笑着看向母亲，“妈妈和大原先生怎么样？是不是有很多小宝宝出生？”

幸惠的再婚对象是产科医生，在东京都内经营着一家四十张床位的医院。他和幸惠是高中同学。

幸惠微微一笑。

“生了好多宝宝哦。全都是健康的宝宝，和你小时候一样。”

沉默在房间中流窜。

与幸惠、大原相见的时候，顺一直不知该说什么。

他既不感到生气，也没有怨恨他们。至少现在如此。

倒不如说，顺很想对他们说一声“对不起”。母亲和大原都很想把顺带在自己身边，顺曾经想过，如果一个人能同时出现在两个地方该有多好。

“妈妈在报纸上看到了这次事件的报道。犯人把匿名信寄到这里来了对吗？”

“你怎么知道是这里？”

“当然知道，看到町名就明白了。妈妈差点儿吓死。”

顺刻意露出开朗的笑容。

“还不能确定那是犯人写的。这附近有巡逻警，家里还有花婶。”

“你说的花婶，就是那个女佣？”

“嗯，她人很好。”

幸惠垂下目光。

“她能比妈妈更好地照顾你，是吗？”

别用这种方式说话好吗……顺在内心悄声说。别问我这种我回答不出来的问题啊。

顺拼命思索了一番，如此说：

“花婶这么说过，就算分开生活，妈妈也永远是妈妈。”

顺双手托腮使劲微笑，幸惠目不转睛地看着儿子。

“用别人跟妈妈作比较，根本毫无意义。”

幸惠松了一口气。

“其实，妈妈是来接你的。”

“来接我？”

“是啊，在事件解决之前，到妈妈家去住吧。反正你爸爸这段时间也不在家。”

哎呀，好头疼。

这个问题也好难回答。作为当事人，顺很想留在这里，将事件关注到底。但不管怎么解释，幸惠也不会接受儿子的想法吧。

母亲肯定还会这样说——你还是不肯原谅妈妈，不肯跟妈妈一起生活吗？妈妈很担心你，你却无法理解妈妈的心情。

顺还在拼命思索，却来不及了。

“你不想和妈妈一起生活了吗？”

幸惠的声音开始颤抖。

“那个，妈妈……”

“就算一直被扔在家里不管，你还是觉得跟着爸爸比较好？因为他不会背叛你？”

“我从没这么想过。”

“妈妈也是很努力的啊。”

顺不由得脱口而出：“妈妈，我参加了这次事件的搜查。”

幸惠脸色一沉。

“你撒谎。”

“是真的。我跟筱田东吾是朋友。所以我要待在这里。真的只是这样而已。如果不是这样，一感到害怕或者觉得辛苦，我肯定会立刻跑到妈妈家去的。”

幸惠沉默下来。屋外冷风的呼啸声悄悄地潜入安静的房子中。

“你保证？”

“我保证。”

然而，顺还是不敢确信，幸惠是否真的相信了他的话。

花婶过了好久才回到家中，却两手空空。率先开口的是顺。

“我都不知道爸爸妈妈什么时候开始变得不和的。”

两人的对话发生在晚餐后，地点是开启的电视前。花婶用遥控器关上了电视。

“谁都不肯好好回答我。这不是很怪吗？明明我才是当事人啊。”

花婶开始微笑。

“所有的大人啊，都会尽量避免让孩子为自己担心。”

“但孩子还是会担心啊。我又不傻，不跟我好好解释清楚我怎么会懂。”

“小少爷说得对。但大人通常不会这么想。”

餐桌早已收拾得干干净净，但花婶仍在不停地擦拭桌面。她边擦桌子边寻找合适的话继续说：

“老爷的工作，搞得小少爷您的母亲身心疲累。她劳心又劳神，照顾家庭可是很困难的工作。”

顺稍稍叹了口气，选择和盘托出。

“小的时候，妈妈曾抱着我想寻死。”

那时道雄刚被分配到搜查课，顺只有五岁。

“妈妈带我吃了好多好吃的，买了好多东西，在游乐场玩了整整一天。一直到很晚都没打算回家，我们好像是坐在……公园里吧。一直坐到巡逻警发现了我们，把我们送回家为止。当时我什么都不懂，但爸妈离婚的时候，妈妈把这些告诉我，我立刻懂了。她想带着我一起死。”

周围忽然安静下来。

不该说出来的……正当顺开始后悔，花婶却问了个奇怪的问题。

“小少爷有没有想过，我的说话方式为什么会有时代感？”

关于这点，顺一直觉得不可思议。

“您之前工作的地方，是不是对说话方式很讲究？”

花婶莞尔一笑。

“对，正是如此。对方是华族家庭，相当显赫。我十三岁那年开始为那家服务。”

“那么小就开始工作了？”

根本还是个孩子啊。

“是啊，当时的时代就是如此。在我的家庭里，所有的孩子一读完小学就必须出门工作。”

花婶在那个家族工作了五年，在十八岁时通过相亲结婚。然而，丈夫很快被军队召集，随即战死。

“花婶的丈夫也死于战争……”

记录在历史课本上的第二次世界大战，感觉上和大化年间（645—650年，译者注）的革新差不多遥远。然而对于每一个当事人来说，似乎就是昨天发生的事。

“丈夫战死之后，战争也很快结束了。我抱着孩子，必须靠自己生存下去。万幸的是，战后的复兴以惊人的速度展开，我又找到了工作，重新开始做女佣。新东家是战争暴发户——

就是靠战争发迹的人家。所以我必须谨言慎行，虽然这种感觉并不好。”

花婶“扑哧”一笑。

“情况就是这样的。小少爷啊。在那户人家与我一起工作的年长女佣曾经教导我，‘我们的语言、我们的态度就是自身的武器’。”

“武器？”

“没错，在世间生活所使用的武器。于是，我便将说话方式当成了武器。以语言为武装，我成了女佣。这样一想，我一直很快乐的。”

顺仔细回味着花婶的这番话。

“但是啊，花婶。”

“什么？”

“您现在也全副武装吗？在我家的花婶，其实不是花婶本来的样子？”

在顺想来，这样真的很悲哀。然而，花婶却笑嘻嘻地直摇头。

“不，现在和当时不同。现在只是习惯成自然。经过了五十年，这些习惯已经深入骨髓。”

“小少爷——”花婶边说边探出身子，“花婶我想说的是，每个人都有自己的武装。而每个人用来武装自身的东西各有不同。有人身着铠甲，有人怀抱铁炮，也有人赤手空拳。并且，根据武装方式的不同，每个人所走的路也不尽相同。”

花婶的声音好温柔。

“老爷身穿坚硬的铠甲，因此他选择了需要翻山越岭才能行走的道路。而夫人——小少爷的母亲能够防身的东西，大概只有一把小刀吧。花婶是这么认为的。正因如此，夫人跟随在老爷身后行走，有朝一日必定会放弃。之所以会变成这样，既非因为老爷是坏人，也并非因为夫人有错。当然，更不是小少爷的错。这种情况叫‘缘分已尽’。虽然很可悲，但有时却不可避免。”

顺感到自己心中某种坚硬的疑问开始迅速消融。

“妈妈选择跟大原先生结婚，是选择了比较容易行走的道路吗？”

“花婶是这么认为的。对方是产科医生吧？那可是哺育生命的工作。”

那里有好多的小婴儿。

“再仔细想想，老爷做的是守护生命的工作。尽管形式不同，但两人的心境应该是相同的。只要解除武装，老爷和夫人的内心其实就是相同的。然而，两人的心却不相匹配。多花点儿时间就能清楚看明白这点了。”

当晚，顺短暂地失眠了。花婶的一番话始终在心间回荡。

终于陷入睡眠之中时，顺稍稍地哭泣了片刻。自从父母离婚，这是他第一次落泪。

然后，他梦到自己穿上了厚重的铠甲。

8

翌日。

前夜的睡眠不足，导致顺无法专心听课。放学后，顺向慎吾借了课堂笔记。

“我去复印一下，晚上还给你。”

距离八木沢家步行约五分钟的地方有一家便利店。复印费用为每张纸九日元。

顺穿过自动门进入店内。复印机正空着。顺对店员说了声“我要用复印机”，随即打开机器盖子。

复印机内放着一张纸。

哎呀呀，偶尔也会发生这种状况。有人在拿了复印件后，把原件忘在了机器里。

顺拿起那张纸，随意地翻过来一看，只见上面有大大的文字。

随即，顺当场僵立。

就是那个字体。匿名信上写的是“XIAO TIAN DONG WU SHI SHA REN FAN”。

纸上的文字简单明了。

“看到这封信的人，必须十天之内在十个复印机内留下复印件。否则会招来不幸。”

这是连锁信。顺立刻撒腿狂奔。

他的运气不错，到达警署时道雄和速水都在。在听取了顺口齿不清的说明之后，两名刑警都变了脸色。

“我想起来了……对对，就是这个。”速水说着，露出恨不得吞了那张复印用纸的神情。

好不容易平息了喘气，顺被劝说坐了下来。其他刑警也集中起来。速水喘着粗气说：

“我有个朋友是补习班的老师。他给我看过这个。最近的小孩都热衷于玩这个，所以我对字体有印象。”

“连锁信到底是什么东西？”

川添警部从饮水机里给顺倒了一杯冷水，递给顺的时候发问。

“最好的例子是，‘这是一封不幸的信’，必须抄写……”

“把同一封信寄给十三个人。我家的小孩为此也骚动过一阵。”

道雄扭着脖子：“但这个不是手写信。”

只是一张A4纸。

速水说明道：

“这个好像是叫‘复印口述’，利用复印机而非邮政就能传播。起源地是美国，在复印机里留下略带恐吓语句的纸张，最近在东京的中小学生中，变成了‘不幸的信’的玩法。”

“这么说，犯人们利用这个作字体范本？”

“我是这么认为的。”

刻意改变字迹以隐藏自己的本来字体，比想象中来得困难。只要寻找，必然能从某处找出破绽。犯人恐怕是想到了这点，才利用其他模板写了匿名信。

“犯人头脑不错。”

“这个能当作线索吗？”顺问道，“说不定能够向犯人稍微靠拢一点儿。”

“至少可以说，犯人是出入过便利店的人。”

这说得好像要抓住云朵似的那么不现实。

“应该是年轻人吧。”

另一头的刑警插话道。

“能够想到利用这种东西，犯人应该相当年轻。”

警部将目光转向速水。

“这种恶作剧游戏很流行吗？”

“这个……我也只是听朋友说过，不清楚正确的范围。至少应该是被媒体留意到的范围吧，如果是犯罪声明引发骚动时才开始流行的……”

顺摇了摇头。

“媒体都太慢了。”

“咦？”

“媒体的反应一直很慢，特别在留意这种新闻方面。”

川添警部兴致盎然地探出身子，道雄将手放在顺的头上。顺继续说道：

“媒体一直很迟钝。《海螺小姐》全家死亡的传闻、《哆啦A梦》最后一话的谣言、人面犬骚动，电视节目开始讨论的时候，我们已经全都听烦了。”

“你给翻译一下。”警部又看向速水。

“全部都是流行一时的传闻。都跟案件无关，请全部忘掉。”

速水迅速回话后，用炯炯的目光看向顺。

“顺，你的周围又是什么状况？‘复印口述’的游戏流行吗？”

顺露出心满意足的微笑。

“我还在想你什么时候会问到这个呢。”

“很流行对吧？”

“我是第一次见到实物，但听说了不少传闻。只要问问周围的同学，应该不难找出做过这种事的人。而现在，这张纸出现在了我们搜查范围内的便利店。”

顺来回看着周围刑警们的脸。

“只要仔细调查，也许能找到往我家寄匿名信的人对吧？对方也知道我爸爸是刑警，应该是住在我家附近的人。爸爸，可以吗？”

在顺的头顶上方，警部、道雄和速水正交换彼此的目光。

9

与此同时。

伊原和久保田正夹在新宿的人流之中，朝地铁站的方向走去。他们刚结束与主办那场集会的团体干部——某公司的社长夫人——的会面，在了解了集会当日的情况之后，正在归途之中。

社长夫人气势汹汹地好一通诉说，却没提供什么促使搜查取得进展的线索。当天所有人都忙得晕头转向，没有特别留意过打工女孩的情况。

“她是‘绝对不可原谅’类型的女性啊。”

伊原边转动放松僵硬的肩膀边说。

“之所以会陷入少年法不可自拔，只因为现在找不到其他

‘绝对不可原谅’的东西了。我跟你打赌，万一她老公出轨，市民运动之类的东西她转眼就会丢到脑后。”

久保田露出罕见的疲惫姿态，步履沉重。

“虽然我对喜好社交的女性感兴趣，但对那种人很头疼。该怎么说呢，她会参加集会，全凭一腔喜好。”

“欲求不满嘛。算是喜欢出风头的类型。说来奇妙，抱有某种真实目的的活动团体中一定会混入那种类型的人，拼命宣传自己有多么伟大——喂，看那边。”

伊原停下脚步，保持双手揣在口袋里的姿态，用下巴向右边一点。

光线暗淡的胡同那头的建筑前，聚集着一群身着五光十色服装的年轻人。若道雄在场，肯定会说这群年轻人就跟在日出汽车修理厂碰到的“蠢儿子”感觉差不多。那些少女十五岁上下，却化着惊人的浓妆，裙摆短到几乎能被人错看成贴身内衣，衣服下端露出雪白的肌肤。

伊原有个与这些少女年龄相仿的女儿，因此他看了一眼建筑前的看板，立刻便知道这群年轻人正在等待Live的开演。

“真是自我主张的年代啊。”

伊原暗中自语。

“我的女儿也会那样。一开始很让我吃惊，但那也算是健全。那些带有无法通过这种外表散发出来的气质的年轻人，才会有问题。”

身穿复古式吊带袜的少女正在吞云吐雾。

“本次事件的犯人也正通过异常的方式，宣告自己的主张。也许，杀人在对方看来根本就不是杀人。”

“这种类型的人也变多了。”

说着说着，久保田打了个大喷嚏。伊原催促他继续往前走。光是看着那群年轻人的清凉穿着，自己好像都要感冒了。

“对于那种人来说，在安全的距离之外和一群呆瓜警察保持文字沟通，也算是一种自我满足的方式吧。为了逮捕那种人，警方却要赤手空拳、磨穿鞋底地到处走。”

“伊原，你没事吧？”

久保田投来担忧的目光。伊原闭上双眼，搓了搓前额。

“抱歉。”

他边说边轻叩久保田的肩膀。

“今晚直接回家吧，报告交给我来做。最近你都没怎么回家吧？”

久保田家位于高圆寺。这位隶属第七班的最年轻的刑警刚刚新婚三个月。

“今晚我可是听够了牢骚。听过妇女团体的干部的教诲之后，你回去可得对太太温柔一些。”

“伊原有什么计划？”

“打一通电话，然后返回警署。回去吧，别人好言相劝的时候就要听话。”

告别了久保田，伊原短暂思索了片刻，随即转身离开地铁站。

此地距离相沢惠居住的若叶町公寓不算太远。还是去看看吧——伊原如此想。

相沢惠的尸体已由双亲领回，对方表示在真凶被捕之前不会举办正式的葬礼。她的公寓也继续维持原状。

每当感觉搜查进入了死胡同，或倍感疲劳的时候，便想想受害人，让自己重新振作起来——这是伊原的行事风格。八木沢道雄和伊原属于同一类型，或许正因如此，他们两人才合得来。

然而，这种热心也是一种灾难，让道雄的妻子离他而去。当他们两人决定离婚的消息传来，伊原无论如何也无法让自己置身事外。

想到道雄，他不由得又想到对方偏离搜查的主路线的问题。

八木，你到底想要确认些什么，还是说，只是单纯的直觉？

相沢惠居住的公寓名为“五月庄”，建筑相当寒酸，看着就让人不由得同情相沢惠。露出混凝土墙面的走廊淌着水，还有一股老鼠的味道。

然而，站在这栋破旧公寓之前，却能眺望新宿副中心地区的高层建筑群。在充满冬季感觉的澄清夜风中，那端的建筑群呈现出梦幻般的美丽光辉。

相沢惠究竟站在此处，怀抱怎样的梦想？脏污的老旧公寓和象征富裕繁荣的高层建筑，隔开两者的绝非距离，相沢惠明白这点吗——伊原如此思忖。

惠的房间位于二楼西侧。

大约有三十分钟，伊原一直待在黑暗的环境中发呆。这间屋子中应该再也找不出新的发现了，但伊原看到墙上的挂历，十二月二十九日的日期下面用圆圆的文字写着“回老家”，还是会感觉胸口发痛。

走出惠的房间，伊原恢复了些许精力。

走下楼梯，来到公寓外狭窄的道路上，只见居住在附近的两个家庭主妇正站着聊天。

“……我想那应该是刑警。”其中一句话让伊原精神一振。

“那人在哭，我从窗口看见了。”

“这个嘛……”

“那人反复说着‘我一定会为你报仇，请原谅我’。”

“男儿有泪不轻弹，警察的责任还真是沉重。”

伊原靠近两位主妇，边打招呼边掏出警察手册，并慎重开口：

“很抱歉，请问你们看见那个人的脸了吗？”

两名主妇相互谦让了一番，随后较为年长的那位回答道：

“脸是没看到，但从年龄来看，应该和你差不多。”

“衣服呢，是西装吗？”

“是啊，全黑的。”

会不会是本部的某人——伊原心想。

“只有他一个人？”

“是啊，就他一人。”

“有没有其他什么特征？譬如白发、胡须之类的。”

主妇叹了口气。

“我才看了一眼而已。”

“这样啊。”

“不过，体形很结实，跟你差不多。”

第七班的全体刑警都是这个体形。

两名主妇露出询问的神色，伊原忙露出笑容道谢。

返回地铁站的路上，伊原一个劲地在想那人究竟是谁，到底谁会跑来这里。

“我一定会为你报仇……”

边流泪边说出这番话的，究竟是什么人？

04

忽然成刑警

1

慎吾一张口，便冒出这样一句话：

“简直是货真价实的刑警！”

这是慎吾听到顺拜托自己，帮忙寻找搞过连锁信的学生时的反应。

“真的是警察这么拜托我们的？”

“我发誓这是真的，没撒谎。”

一旦开启实际层面的调查和搜查就能发现，慎吾果真是名有能力的“刑警”。

慎吾很会倾听他人说话，并且擅长不留痕迹地套话，让对方失去警惕心，源源不绝地把话全都说出来。不愧是“后藤木材”的第四代传人，身体中流淌着纯粹的商人之血——顺对此深有感悟。

然而，慎吾不知节制地使用刑警黑话这点却很叫人头痛。阅读英文时，还发生过将“I CAME HOME”翻译成“俺回窝了”（原文的“窝”为“ヤサ”，发音为Yasa，刑警黑话，意为“家”——译者注）的情况，结果被老师狠狠训斥了一顿。

顺终于明白，寻找线索是多么无聊、多需要耐心的工作了。

“我突然这么想，说不定爸爸很伟大。”顺如此告诉花婶。花婶闻言，露出大大的笑容。

“老爷真是位幸福的父亲。”

首先，顺需要列出玩过或见过连锁信的学生名单。随后，顺还需要根据名单一个个去确认究竟有多少人知道自己的父亲是刑警。

每天都必须重复进行这一过程。每当确认一个同学是清白的，就用记号笔将对方的名字划掉，随即调查下一个人。搜查之余也不能逃课，部门活动也不能懈怠。时间总是溜得飞快。

“做了刑警就是老得快。”这是慎吾的口头禅。

在此期间，搜查本部也持续进行着两个学生正在做的工作。在那场集会之后，调查相沢惠与浮田聪子的行踪、寻找见过两人的目击者、四处走访等工作，同样让刑警们忙得神志不清。

迄今为止的收获为零。直接打到搜查总部的电话，所能提供的有用线索也寥寥可数。

尽管如此，本着“基本方向没错，只不过距离还很遥远”的想法，搜查仍在继续。

搜查的进展如此乏善可陈，媒体的骚动也因此消失。尽管应该再接再厉、耐心呼吁市民提供线索，但报纸也不再跟进。

犯人也断绝了犯罪声明的寄送。

但正因如此，东吾的周围环境才重返平静状态。曾经烦死人不偿命的新闻记者也不见了踪影。这样应该没问题了吧——如此想着，东吾在十二月的第一个周日返回了建在河川边的家中。

顺和慎吾的搜查也在那天暂时停止，他们一起去东吾家帮忙打扫卫生。久违的明子也出现了。

东吾表示，他绝对不会躲到其他地方去。

“好不容易能长期定居下来安心工作，所以才建了这栋房子嘛。”

“但是东吾先生啊，先不管媒体会如何，犯人不知道还会做出什么，您不会感到不安吗？”

比起其他方面，顺更担心的就是这点。为了以防万一，从东吾开始，那个妇女团体的干部、犯人丢弃尸体的地段和相关人等周围全都布控了警力。即便如此，还是会让人觉得不舒服。

“没问题。”东吾将顺的担忧轻易击溃，“没什么值得害怕的。”

明子看上去仍然相当不安。

“爸爸非回来不可。他是言出必行的人。”

“从前就觉得很不可思议——东吾先生为什么会选择在这

个地方建造画室？其他很多地方都比这里要安静。”

明子以手指点住嘴唇，似乎在寻找合适的话语。

“怎么说呢，这里是爸爸的根源所在吧。”

“根源？”

“没错。只要回到下町，在爸爸体内沉睡的某种东西就会苏醒，他就能够再次作画——爸爸似乎是这么想的。”

“东吾先生的情况很糟吗？”

“他说过，自己一直不行，没法画出让自己满意的作品。所以他选择回到这里，回到从前每天边汗流浃背地工作边保持想要不停作画的心情的地方。”

顺突然想到，“东吾”这个雅号，说不定是“东面有吾”的意思。

扫除告一段落，顺和慎吾向筱田宅中的每个人说明他们迄今为止所做的工作。

“顺利的话，应该能揪出往我家寄匿名信的家伙。”

这算是好消息吧——顺带着如此期待的表情做了报告，而东吾和才贺并未露出吃惊的表情。

“小顺，和这种事扯上关系真的不要紧吗？”

“没问题的，这可是川添警部亲自拜托我的啊。”

“这样啊。就算是警察，也不方便在学校内部搜集线索。”

面对意气风发的二人组，东吾仅以沉默回应。才贺带着劝解的口吻笑着说：

“做这个肯定需要时间，千万不要失去耐心啊。”

顺和慎吾也是这么想的——不管要用多少天，他们都会加油。

收拾完毕之后，顺提出想再看看《火炎》。慎吾也跟他一同前去。

两人并肩而立，无声地欣赏了片刻。随后，慎吾冷不防地背对画作。

“怎么了？”

慎吾没回话，只是像体操运动员一样弯下腰，让脸从双脚之间露出。换言之，他用倒看天桥立（天桥立：位于京都府北部的风景胜地，传说站在沙洲南端的飞龙观、北端的伞松公园的丘阜上，弯下腰从自己的胯下倒望过去，绵延的沙洲就像是一条向天上斜伸而去的桥梁，故此得名——译者注）的方法，倒着鉴赏《火炎》。

“你在干什么？”

“我家老爸这么关照我。”

他保持着头朝下的姿态，声音变得含混不清。

“之前在某个美术馆，展出了一幅大家都抢着去看的画。我家老爸觉得既然有这么多人去看，应该错不了，就带我一起去了。结果美术馆工作人员一边说‘对不起’，一边骨碌碌地把整幅画转了180度。他们还说：‘非常抱歉，工作人员搞错方向，把画挂反了。’然后老爸告诉我：‘这是个教训。美术作品这种东西，一定要倒过来再看一次。’”

顺笑喷了：

“那幅画肯定是抽象作品。”

慎吾忽然发出微妙的一声“咦”。

“又怎么了？”

“才贺先生。”

顺扭头看向房间入口，慎吾又焦躁地说：

“不是那边，是画里。画里藏着一张很像才贺先生的脸。”

顺的想法是“怎么可能”，但慎吾固执地非要顺自己看一看。尽管用屁股对着《火炎》让人提不起精神，但不得已，顺还是照着慎吾的动作弯下腰去。

然后，他果真看到了才贺的脸。

那张在火焰中呈现扭曲状态的达摩的脸，颠倒过来一看真的很像才贺，跟错觉画很类似。

“真奇怪，”慎吾站起身来，“这是什么类型的笑话嘛。”

“我不这么想，因为……”

东吾和才贺的相遇，是在《火炎》发表之后许久，东吾又发表了《河川风景》之后的事。《火炎》之中绝对不可能出现在画作创作完成之后才和东吾邂逅的人物的脸。

“去问问他们。”

走廊那头传来脚步声，明子的脸忽然冒了出来。

“你们饿了吧？我做了三明治，都来吃吧。”

“那我就不客气了。”

看着明子离开，顺才对慎吾说道：

“小慎，这件事暂且保密。”

“可以啊，但为什么？”

为什么呢，顺也说不明白。但他有一种感觉：考虑到东吾融入画中的感情，绝对不能冒冒失失地跑去问他。

于是，他笑着对慎吾说：

“如果我们对东吾先生说，我们用屁股对着《火炎》又倒立看画，他的心情会更加糟糕的。”

2

十二月过去了一半，顺和慎吾终于将连锁信“嫌疑人”的名单缩小到了仅有一人的程度。

对方名叫大木毅。两人走了许多冤枉路才发现，对方其实就住在靠近慎吾家的公寓楼里。当东吾、才贺和后藤吾郎三人在后藤家门口对吼的时候，以大木家的距离绝对能够听见。

大木是隔壁班级的学生，成绩和慎吾不相上下，身高则和顺几乎持平。然而，大木一个月的阅读数量，大概比顺和慎吾两人一年的阅读量加在一起还要多得多。

过度阅读的必然结果，是大木鼻梁上那副重度近视眼镜。并且，大木贫乏的朋友圈中，并不包含顺或慎吾。

“要怎么接近他？”顺说。

“不能用实力正面突破吗？”慎吾说。

“我们又没有传票，还是用老实点儿的方法吧。脱掉鞋子拿在手上怎么样？”

“也好，万一发生什么状况还可以用鞋子痛殴对方。”

这也太危险了——如此判断之后，顺火速和城东警署取得联系。

不凑巧的是，道雄和速水都不在署内。川添警部接了电话。

“我直接和他见面问话吧。地点在哪儿？”川添警部如此说。

简直像把拍摄家庭影视的任务拜托给史蒂文·斯皮尔伯格一样——大材小用了。如此想着，顺还是指定了地铁站附近的一家麦当劳。

时间是周六放学后。

“这次的现代语读书感想啊，轮到我公开自己的读后感。野田老师太严格了，很难想到好点子。然后啊，佐伯同学告诉我，大木同学之前拿过满分，可以向你请教该选哪本书。”

佐伯同学是大木毅最好的朋友之一。顺亮出了佐伯的名号，再甩出“请你吃麦当劳”的诱惑，成功将毅引诱出来。

一踏进快餐店，就看到川添警部和一脸紧张的慎吾正坐在靠窗的位置。顺走到内侧的包厢位置，毅则用不徐不缓的口吻说道：

“野田老师喜欢能够打动人心的作品，选择《高濑舟》效果会比较好。”

“话说回来，你用复印机传送过连锁信对吧？”

毅含着奶昔的吸管愣住了。

“而且，你还用和连锁信相同的字体写了匿名信，塞到我家信箱里。”

毅的喉结上下滚动着。顺微微一笑。

“很抱歉威胁了你。但这很重要，也绝对不会给大木同学增加麻烦。应该说，我们需要你的协助。”

“协助？”

配合着顺的颔首，警部和慎吾站起身朝他们走来。

毅的个性绝对算不上固执，连保持沉默的权利都没有行使。

“那家的谣言传得很广，我很在意到底会怎么样。然后，后藤同学家门口发生争吵，我发现是那家人在大吼大叫……”

谈话时，毅将眼镜摘了下来，让他的眼睛看上去顿时小了不少。他看上去筋疲力尽，一副快要哭出来的表情。

“从他们的怒吼中，我才知道住在那栋房子里的人叫‘筱田东吾’。”

“还知道了我爸爸是刑警。”顺说道。

“对，是这样没错。听得很清楚，正确说来，根本就是噪声。”

慎吾摆出一副仿佛吃到了很苦的东西的表情。毅匆匆瞥了眼慎吾的脸，急忙垂下目光。

“然后，第二天去私塾的时候，大家都在讨论这个话题。”

“私塾？不是学校？”

“对的，是‘英明’。”

警部不解地望向顺。顺解释道，“英明”指的是地铁站附近的“英明进学私塾”。

“是个教学水平很高的地方。”毅加上这句不是非说不可的解释，又偷偷瞄了慎吾一眼。

“原来如此。然后呢，私塾里什么状况？”

“然后，有个朋友说他认识筱田东吾，说他是个了不起的画家，引起了一点儿小骚动。”

毅似乎有些为难地闭上了嘴。警部点点头，柔和地问：“然后呢？”

“然后大家说，既然是名人，那就稍微恶作剧一下。”

顺叹了口气。

警部说道：

“然后，你就给八木沢同学的刑警父亲写了匿名信，对吗？”

“真是大闲人。”慎吾吐出的这句话，让毅缩起了身子。

“我只做了这一件事，真的只是想稍微恶作剧一下。当知道匿名信上的字体和碎尸案的犯罪声明用的字体是一样的，我都快给吓死了。真是这样的，所以在那之后，我再也没有寄过任何东西。”

毅带着满脸的诉求如此对顺说道。

警部以沉重又浑厚的声音继续询问：

“模仿连锁信的字体，是你想出来的？”

“是的。用自己的字体写匿名信还是感觉很可怕。刚开始我想过剪报纸上的字再贴起来，但那样太麻烦了。”

“你真的只写过一封信吗？”

“绝对是真的。”

“也就是说，碎尸案的犯罪声明，和你送到八木沢家的匿名信之间完全没有关联——是这样没错吧？”

毅急切地连连点头。

“你有没有告诉什么人，你给八木沢家写过信？”

毅摇了摇头。

“真是这样的？”

慎吾皱着眉头朝毅探出头去，让对方吓了一跳。顺急忙在桌子底下踢了慎吾一脚。

“事情都是你一个人做的，没告诉任何人，也没让任何人看到？真的没有告诉私塾里一起起哄的朋友？给我认真想想，想起来再回答不迟。”

毅却立刻做出回应。

“都是我独自做的。告诉别人就不刺激了。”

“真的？”

“绝对是真的。除了我自己，谁都不知道这事。”

顺才阻止了慎吾的举动没多久，慎吾还是呼地站起身，越过桌子直接把毅一把抓起。

“你个浑球，知道自己都做了些什么吗？啊？还刺激？！”

“小慎！你冷静点儿。”

顺和警部好一通安抚，慎吾才重新坐下，嘴里却仍然“叽里咕噜”着某些威胁的话。毅胆怯地缩起脖子，眼珠朝上翻，小心观察着对面的人，好不容易才小声说道：

“我做的事情，身为外人的后藤同学没资格说三道四……”

不等他说完，慎吾真的想揍人了。

“你使用暴力的话，我就什么都不说了！”

“烦死人了！像你这种个性都烂掉的浑蛋……”

顺拼命拽住慎吾往外走，一直把他拖到玻璃门另外一侧。

“那浑蛋什么人啊！”

“我知道！我知道你为什么生气！”

顺张开双臂挡在门前。

“我理解你，但这里交给我处理好吗？”

顺一边用手制止慎吾进入一边返回座位。再一看，毅的神情已焕然一新，一脸镇定的模样，不再畏畏缩缩。

他害怕的只是慎吾而已啊——顺暗自思忖，真是没趣。

川添警部苦笑着继续提问：

“你认为自己没给别人造成麻烦？”

“这个嘛，虽然对八木沢同学有点儿不好意思，但我的信和分尸案的那封信没有任何关联。就算如此，就连我都要被警方调查，老实说，我才是受害者啊。”

警部打着哈哈，不停眨眼：

“让你受惊了，真是不好意思。”

“没关系啦。”毅若无其事地喝起奶昔。

顺感觉自己好像看着某种外星生物。

“我的名字还好说，我爸爸的名字你是怎么知道的？”

“学生名单上都写了监护人的名字啊。”

毅用瞧不起人的口吻说。

“你觉得只要八木沢同学的父亲收到匿名信，就会去调查筱田家？”

怎么可能——毅喷出一口气。

“这怎么可能。刚才我也说了，纯粹觉得好玩才这么做的。”

“也就是说，你并非相信关于筱田家的谣言？”

“那是当然。因为啊，第一个散布谣言的人就是我嘛……”

糟了！毅慌忙捂住自己的嘴，但最关键的线索早已流到了顺和川添警部的耳中。在两人目光的逼视下，毅开始扭扭捏捏地晃动膝盖。

随后，他夸张地叹了一大口气，重新抬起脸来。

“好啦，我说就是了。协助警方也是市民应尽的义务嘛。”

“对啊。”警部如此说着，脸上却看不出半点儿开心的样子。

“是我们——英明进学私塾的朋友们一起捏造了那些谣言。大家都玩得很开心。谣言传得很广，看到大人们都在认真讨论，让我们感觉很奇怪、很想笑。明明都是胡说八道啊。”

毅一副满不在乎的模样。

警部都被惊呆了——顺同情地想——刚才真的不该制止小慎，让他揍个两三拳就好了。

“胡说八道。”川添警部喃喃自语，“消失的女子、老人在后院挖坑，连这么具体的内容也都是胡说八道？”

“嗯——啊。”毅颇为自负地回答，“每个零碎的情节，真的发生过就是了。我们所做的，只不过把零碎的情节放到同一个故事中罢了。”

根据毅的说明，他和英明进学私塾的几个同伴会在回家途中路过筱田家。时间是晚上十点过后，在安静得感觉不出人气、被树木环绕遮挡的筱田家……

“那种气氛，最适合制造有趣的恐怖话题了。”

“然后呢？你看到对方在后院挖什么？”

“不是我亲眼看见的……”毅说到这里，顺接着他的话继续说道：

“东吾先生想烧掉不满意的草稿，才会在后院挖坑。所以不值得大惊小怪。”

“原来如此。”警部说道，“年轻女孩消失又是怎么回事？”

毅毫不发怵地答道：

“这是我看到的。筱田家附近有个样子怪怪的女人。”

“什么时候的事？”

“什么时候呢……大概是十月中旬吧。”

他含糊地说了半天，眼睛忽然一亮。

“对了，我想起来了。那天是十月十六日。那天，爸爸妈妈和我出门去饭店吃晚饭，开车回家的路上路过筱田家门口。就是那个时候，有个女人站在那里，好像想避开别人的眼光似的，所以当时我才想，到底是怎么回事啊。”

顺不由浑身一震。

“大木同学当时看到的女人是不是很漂亮？”

顺将之前两次碰到的女性描述了一番，毅用力点头。

“对对，就是她。搞什么，警察已经知道了？”

顺没有回答。他的脑子被那个女性的脸给塞得满满当当——她到底是谁？

“我们在马里昂巴德见过。”他回想起对方的话。

“在那之后，有一次和朋友们一起路过筱田家，看到房子一边停着一辆和《克莉丝汀魅力》中类似的车。大家起哄说

‘车里肯定有被掐死的女人’，吵了半天。”

这番话让顺猛然回神。

“《克莉丝汀魅力》？大木同学看过这部电影吗？”

“看过录影带。电影很无聊，但车子很酷。所以我记得。”

“你们用我能听懂的话说一遍。”川添警部说。

顺做了说明。《克莉丝汀魅力》是一部恐怖电影。讲述一辆被命名为“克莉丝汀”的被诅咒的汽车，型号是1958年的普利茅斯·复仇女神（Plymouth Fury），影片中登场的车子的颜色，是女性口红一般的深红色。

“真是那么红的车子？”

“不会错的。是运动型的汽车，后面的车窗上贴着大型徽章一样的东西，这点也很酷。上面还写了‘杀尽众人的天使’这种话。”

“似乎是暴走族。”川添警部说，“谣言的源头就只有这些？剩下的都是你们编造的？”

“那是当然的，警察也请稍微现实点儿好不好。”

顺看着对方肆无忌惮的笑脸，不由目瞪口呆。

打个比方说……对了，就好像关系很好的朋友忽然说“虽然教科书上这样写，但其实是太阳绕着地球在转动”这样的感觉。

毅和他的朋友们坚信，在自己居住的范围内，根本不可能会引发足以让他人发生真正悲鸣的事件。他们认为，反正也不会引发真正的恐怖事件，所以才满不在乎地四处传播谣言。

顺看了看川添警部，对方将目光转开，下巴僵硬地缩着。过了半晌他才开口说：

“我明白了，关于谣言的传播，我都清楚了。但是……”

警部转换成略带训斥的口吻：

“就算只是恶作剧，你不觉得把匿名信寄到八木沢同学家实在做得太过火了吗？至于谣言，你应该也听到东吾先生发怒的吼声了吧？而且你们还夸大其词……”

“随你怎么发火好了。”

听到对方赌气似的话，警部又换上了找到证据时才有的表情：

“你不认识筱田家的任何一个人对吧？”

毅吃了一惊。警部将餐桌上的纸杯和包装纸袋拿开，死死地盯着越缩越小的毅，继续说道：

“就算不知道对方的名字，你是不是和筱田家的某人见过面、说过话？老实说出来对大家都有好处，警方为了破案，不管多小的线索都必须掌握。”

警部和顺像两个投下诱饵、专心等待鱼儿咬钩的垂钓人一样静静等待着。终于，毅松口说：

“我想这事跟事件无关……”开了这个头之后，毅勉勉强强地继续说，“在这之前……还是穿短袖的季节，应该是三个月之前。我为了在复印机里放连锁信，去了筱田家附近的便利店。在那里……”

似乎是让人不太愉快的回忆，毅的口吻也变得尖锐起来。

“我在那里被人骂了，是排在我后面准备用复印机的人。我根本没注意到有人在我身后。”

对方拿起连锁信，大声地将毅好一通训斥。什么“这么做是意志薄弱的表现”，“这种恶作剧最卑劣了”之类的。

“当着店员的面，我被教训了一大通，实在丢死脸了。我都后悔死了。爸爸妈妈都没这么骂过我。”

他应该是没受过这样的气吧——顺的心情变得沉重。

“我逃出了便利店。对方买了点儿东西，也走了出来。我跟踪了他，因为我觉得，如果对方是住在附近的人就麻烦了。然后，对方进了筱田家。”

“是个什么样的人？”

“是个大叔。感觉很强悍，总觉得稍微一回嘴就会被揍。”

“是才贺先生吧。”——顺看了警部一眼，对方以点头作答。

“他明明没有这种权力，却把我骂了一顿。我气死了，总觉得必须做点儿什么事报复回去，所以才会……不过，我也说过好几次了，传播谣言只是恶作剧罢了。这不涉及犯罪吧？”

不，这可以算是货真价实的犯罪了——顺在心中回复对方。毅似乎听到了顺内心的话，很快回复道：

“不管怎么说，我还未成年呢。”

“如果会造成犯罪就不做，不会犯罪就做，你觉得这两种事出发点不一样？回去好好问问你的父母。”

川添警部委婉地劝说道。

毅抿紧了嘴，随即露出短暂的愤慨表情。

“总之，我跟分尸案没关系。字体会相同也是偶然，那封连锁信流传得很广，会想到利用那种字体的人肯定不止我一个。”

“好像是这样没错。”

警部略显疲倦地说道。

毅则毫不客气地说：

“白白浪费时间。居然为了小孩的恶作剧而出动警力，我爸爸应该不会原谅这种状况。比这更重要的事多了去了，你们拿的薪水可是我们的税金啊。”

说够了吧——毅摆出这副神态站起身来。怒不可遏的顺也想跳起来，却被警部一把按住。直到毅平安无事地离开快餐店——他走的并非是慎吾待着的正门，而是内侧的通道——警部才松开顺的毛衣下摆。

“他算什么东西！”顺气得脸颊都鼓了起来。

“你们合不来吗？”

“完全不能理解！真应该让西格妮·韦弗用火焰喷射器收拾掉他！”（西格妮·韦弗：美国女演员，代表作《异形》系列，火焰喷射器是影片中收拾其中某种异形的武器——译者注。）

过了片刻，慎吾回到座位上。

“那家伙道歉了吗？”慎吾问道，“他有没有说‘做了这种事，真的很抱歉’？”

顺边摇头边说：

“如果道歉管用的话，还要警察干什么。”

“我不这么认为，老爸一直这么说，”慎吾把拳头捏得咯咯作响，“‘只要抱有道歉的心意，很多事就不需要警察出面了’。”

“真是个好父亲。”川添警部将双手放在两个男孩的肩头。

“去找才贺确认一下大木同学的话吧。希望他还记得那件事。”

3

经过联络，他们发现才贺正在东吾的房子里。三人步行前往筱田家，在进门之前，他们跟停在马路对面的灰色车辆中的人打招呼。对方看到川添警部，便行礼回敬。

那是隶属管辖区内警署的刑警。在筱田家经历了搜索的骚动之后，东吾的身边便被安排了这些人。

“警戒也好累人啊。”慎吾喃喃自语道，“看上去毫无希望。”

对于川添警部等人不请自来的访问，东吾和才贺都显得相当震惊。即便说明了情况，他们还是有好一阵子无法放下不安的神色。

才贺表示，对于毅和连锁信一事，他几乎不记得了。

“虽然我记得自己训斥过几个孩子……”

“您很讨厌这种恶作剧对吗？”

这次，才贺回答得很干脆：“非常讨厌。”

川添警部隐瞒了大木毅的名字，将围绕筱田家传闻的经过说了一遍。

东吾和才贺内心紧绷的线条似乎开始放松一般，呼出一口气来。但渐渐地，他们的脸色又变得相当不开心。

“最近的小孩，都会想一些不得了的事情出来。这算不算人格扭曲？”

才贺似乎忘了自己的面前正站着两个“最近的小孩”，用强硬的口吻说道。顺和慎吾代替毅缩起了身子。

“算了吧，总之一个问题算是解决了。”

反倒是东吾如此劝解。

“也就是说，寄到警察那边的匿名信和送到小顺家的、告发我是杀人犯的信之间没有关联？两者都是偶然模仿了最近流行的连锁信的字体，所以才会看上去是相似的？”

“就是这样。”

东吾露出疲态，不停捶肩。

“这样就好。但真让人受不了。那么，碎尸案的搜查又怎么说？不停有这个那个的刑警前来，但谁也没给我一个明确的说法。到底有没有进展？”

被如此一抱怨，川添警部只能低头致歉。

“非常抱歉。”

“对我道歉也没用。请多替被杀害的姑娘们想想。”

今天的东吾先生看上去好危险。

警部依然不动如山，顺却隐隐觉得恐怖。

慎吾忽然一声怪叫，强行改变话题：

“咦，这是什么？”

沙发一侧的长条茶几上，放着一个形似大竹筒的东西，里面放着五彩缤纷的各类火柴。

“您在搜集火柴？我姐姐也是。”

确如慎吾所言，他的姐姐是个火柴爱好者。曾有一次，顺和道雄去了一家餐馆，并拿了那家店的火柴当礼物送给对方，让她开心不已。

才贺略显羞怯地说：

“也不是特意搜集的。”

“但是，真的好多啊。”

“虽然是完全用不上的东西，但丢掉也可惜了。”

话说回来，无论是东吾先生还是才贺先生，好像都不抽烟——顺忽然想到。

“哪个东西？啊，真的好漂亮。”

配合着慎吾的节拍，顺也伸头去看。

做成手套形状的火柴纸盒、写着占星内容的火柴盒、圆筒形的火柴盒……各种各样。

顺被其中一款做成电影胶片模样的火柴盒给吸引了。这是一家名叫“影院天堂”的小酒吧的火柴，联系电话下还有一行小字，写着“内有老电影海报”。

慎吾兴致勃勃地看着，并说：

“真的有好多哦。如果不需要的话，能让我拿几盒吗？我姐姐看到了一定很高兴，她在搜集这个。”

才贺飞快地接口：

“不行。”

慎吾一脸震惊，就连顺都吓了一跳。川添警部用略带莫名其妙的眼神注视着才贺。

一阵令人局促不安的沉默之后，慎吾缩起肩膀，并和顺一起说道：

“对不起。”

“不不，你们不需要道歉。”

东吾如此接话。

“没关系的，看到喜欢的就拿回去吧。我也是看着火柴盒有意思才拿回来的，不知不觉就囤了这么一大堆。”

尽管东吾如此说，两个学生也不能回答“那我们就不客气了”。东吾暧昧地笑了笑，亲自起身拿了几盒火柴塞到顺和慎吾手里。

“拿去吧。”东吾边说边抚摸两个孩子的头。才贺始终注视着他们，却没有再次出声阻止。

最后，尴尬的气氛一直延续到众人起身告辞。回到警署之后，川添警部一再犒劳顺和慎吾的辛苦，却无法让他们释怀。

“仔细想来，和碎尸案相关的线索就这样少了一个。”

顺体贴地说着，警部却回答了一声：“嗯？”

“你说什么？”

“我是说连锁信啦。”

警部的眼睛终于变亮，他搔了搔生硬的嘴角，不好意思地一笑。

“没这回事。用消除法将没用的线索排除掉，也是很了不起的搜查。”

“这就好。不过，警部您现在又在想什么？”

警部看着两名学生。随后，三人频率一致地开口，并说出同样一句话来：

“火柴盒那件事，真的很奇怪。”

慎吾拿到了两盒色彩鲜艳的火柴盒，顺拿的则是“影院天堂”的火柴盒。明明都是些再普通不过的东西……

“该不会是火柴盒堆里藏着存折之类的东西吧？”慎吾瞎猜道。

当晚，顺将白天的事讲给花婶听。花婶先对顺等人解开了匿名信的谜团一事发自内心地好一番喝彩。

“住在这里的人应该比谁都清楚，匿名信这事和案件不可能有关系。小少爷和慎吾少爷干得太棒了。”

“老实说，我们觉得很扫兴。”

“是嘛。”

“不过，我真的很生大木毅的气。花婶，您觉得应该更严厉地训斥他一顿吗？”

“比起这个，他的想象力还真好。”

“想象力？”

“是啊，就算是给别人造成麻烦，也是需要想象力的。‘我被拧了一把，真的很痛；那么也要拧你一把，让你也觉得痛’，大概就是这种心情吧。”

“真是这样吗？”

“吃个苹果吧。”花婶边说边站起来。

“如此一来，直接发生在筱田先生周围的谜团，只剩下小少爷见过两次的‘谜之女’了。”

没错，就剩那个女孩和“马里昂巴德”的谜团了。

“不过啊，就算我再怎么烦恼，说不定她和案件本身也完全无关呢。”

“或许是吧。”

“就像悬疑电影里演的那样，谜之女孩到处走，这样也不坏啊。”

“对于小少爷而言，说这种台词还早了十年。”

顺边啃苹果边吃吃发笑。花婶也笑嘻嘻地吃着苹果，但当话题转向火柴盒的时候，笑容便从她的脸上消失了。

“才贺先生拒绝你们拿火柴盒的时候，表情很坚决吗？”

“是啊，吓我一跳。”

“是吗？”

“您很在意吗？”

“没有，只不过觉得有点儿不可思议。”

“警部也很在意，真的很奇怪。”

说到这里，花婶又开始调整刀具的摆放位置。

“您说的都是真的？”

花婶的表情过于认真，让顺一时之间不知所措。

“不会错的，我和小慎的视力都不差。”

花婶注视着桌面陷入沉思，一只手保持着捏苹果的姿态。

“花婶，您怎么了？”

听到顺的声音，花婶一副大梦初醒的模样，微微一笑。

“苹果好吃吗？蔬果店的老板向我保证过这苹果肯定甜。”

“嗯，很好吃，花婶您也吃啊。”

“那我开吃了。”说着，花婶啃了一大口苹果。顺偷偷注视着她的脸。

“您在意什么？刚才我说的那些，我自己都觉得有点儿奇怪……”

“苹果真的很甜，真是好吃。”

花婶装模作样地说。

“小少爷，慎吾少爷的姐姐会喜欢家政协会的火柴盒吗？”

“应该会想要吧，毕竟很少见。”

“那我就给她多拿一点儿。”

随后，花婶一个劲地说电影的话题。尽管心存芥蒂，但当花婶说到“终于找到了”时，顺的注意力还是被一起看《伊阿宋和金羊毛》的邀约给吸引了。

4

随着寄到道雄手中的匿名信之谜的解开，事件本身朝着另一个方向——目标是要求改正少年法的集会的“炫耀式杀人”——靠拢。搜查本部增派了人手，强化寻找线索的同时，过去由未成年人犯下的凶恶罪行记录也开始重新被审视。

媒体方面则因为事件过于异常，转而质疑现行的搜查体制是否能真正找出真相。被定性为案件目标的妇女团体召开紧急集会，呼吁协助破案。

东吾也公开发表了对犯人的喊话，登载在某本杂志上。他在文中质疑：“社会难道已经软弱到要对这种卑劣的威胁屈膝了吗？真凶一定会遭到相当程度的报应。”

道雄读了东吾的文章，感觉这篇文章和东吾之前登在宣传单上、题为“万勿践踏宝贵的生命”的文章有所不同。宣传单上的文章除了主张“必须给少年犯以刑罚”之外，侧重点仍在标题“万勿践踏宝贵的生命”的强烈诉求之上。反观本文，却采取了攻击性强烈的语调。

其他几名刑警也表达了相同的看法。还有人担心，这样刺激犯人会不会造成不好的局面。

“案件归案件，老画家会生气也是理所当然的。”伊原如此说了一句，又出门去调查了。

诸人之中，只有道雄和速水踏上了另一条调查之路。

才贺英次和相沢惠究竟交往到什么程度？除了参加过同一集会，惠和浮田聪子之间是否还有其他交集？

这两个疑点让道雄相当挂心。

很快他们便确认，英次和惠确实是在集会当天，即九月二十四日相识的。参加集会的人当中，有人还记得两人凑在一起兴致勃勃谈论什么的模样，主持拍卖会的负责人也记得这件事。

“相沢小姐是个很积极的人。”

“浮田小姐又怎么样？”

“怎么说呢……感觉是个老实的姑娘。”

“相沢小姐和浮田小姐之前就认识吗？”

“是。”

“集会的打工者是怎么召集的？”

“基本靠大家传话。相沢小姐平常在某位集会干部家经营的茶馆工作，浮田小姐是她的朋友。”

两人随后拜访了茶馆的经营者，从对方口中得知，惠曾表示过希望能成为明星。

“什么选美大赛、试镜之类的活动，她都会去参加。正经工作经常无故缺席——之所以会去参加集会的工作，她好像也是认为可以登上舞台，比较惹人注目才决定去的。虽然说死者的坏话不好，但她真的不是干活的料。所以她无故缺勤，打电话也不接，我也没怎么管，但真没想到她会被杀。”

离开茶馆，速水边摇头边说：

“真冷淡啊。”

道雄将这番感伤的话题岔开：

“才贺英次也说过，打她的电话却联络不上她。”

惠的电话从九月二十八日起便欠费停机。即便打过去也只能听到“机主因故停机”的电子音。

两位刑警前往才贺英次所在的大学。

他们的见面地点在学生食堂，时间为午后。见到两位刑警，英次满脸的警戒显而易见。在得到“不会占用你太多时间”的保证后，才把两人带到食堂。

他的脸色还是很差啊……道雄打量着英次，内心暗忖。

英次所说的话和其他人相差无几：在集会上认识了惠，和她交往、约会。

“什么时候的事？”

“第一次是集会的第二天，我们一起看了电影，吃了顿饭。”

“上一次你说过，相沢小姐希望成为模特，希望你把她介绍给东吾先生？”

英次点了点头，并用指尖轻轻敲打放在餐桌上、用束带捆起来的法律书籍的封面。在道雄看来，英次正用这个动作努力保持内心的平静。

“相沢小姐希望成为明星？”

“是的。”

英次这才抬起头来看向两位刑警。

“东吾先生曾出过一套名叫《花之季节》的画集，这个你知道吗？”

“知道，画的都是女演员。”

花婶买过那本画集。

“相沢小姐好像也看过那个，所以当她知道我认识东吾先生时，立刻求我把她介绍给东吾先生。她黏得很紧，我也没办法。”

“因为登上那本画集的女演员中，有人真的变得很有名了吧？”

英次不说话，只是点头作答。

“东吾先生什么时候和她见面的？”

“她催得很急，应该就是我们初次约会的第二天吧。”

“你把相沢小姐带到筱田家去了？”

“没错。”

“东吾先生怎么表示？”

“我对东吾先生说，可以让用她做模特，但我也明白基本没戏。东吾先生说，你也知道最近我没兴趣画模特之类的画。老实说，他这样让我很难做人。”

“你这么告诉相泽小姐了？”

“说了。她说我完全靠不住。”

“她一定很失望。”

“很遗憾，好像就是这么回事。”

道雄边做笔记边听英次说话。

在此之前，他也向东吾确认过这件事。并且，住在筱田家附近的主妇也证实，九月二十六日下午确实有一对年轻男女进入筱田家。给对方看了英次和惠的照片之后，主妇证明“应该就是他们俩”。

问题的关键在于，英次最后一次和惠见面是在何时，又是什么状况。

“九月三十日。”英次很快回答道，“和东吾先生告别后，我们约定了下次见面的时间，是九月三十日。”

“你记得真清楚。”

英次耸了耸肩。

“因为不是普通的日子。”

当天是某制片厂主办的演员选拔会的最终一轮。惠也参加了当天的选拔。

“她拜托我跟她一起去。”

英次的口气颇为粗鲁。

“我去了，看了全场的比赛。但她落选了。安慰她可费劲了，带她兜风、吃饭、喝酒，还送她回公寓。我简直成了她的佣人，感觉很不爽，大概她也感觉到了，气氛变得很尴尬，所以我们在公寓前就分开了。然后我再也没见过她。”

兜风的路径？在什么店吃饭？什么车型？几点告别的？面对道雄详细的询问，英次几乎都毫不犹豫地答了出来。

“你的记忆力真好。”

“记忆不好，考试怎么可能通过。”

听到这番回答，速水难得地露出了嫌弃的表情。两位刑警都知道，英次是个成绩优异的学生。

虎父无犬子……是吗？

道雄在心中将才贺父子的脸做了一番对比。

速水拿出来在食堂的路上买的罐装咖啡，英次一口气喝掉半罐。

“在那天之后，你有没有打过相沢小姐的电话？”

英次吐出一口气，答道：

“打过，之前我也说过了。大概在选拔会的两天之后打了电话——我还是对她有点儿在意。但手机不通。她也没打电话找我——只有我一头热猛打电话的话，不是太蠢了吗？所以，在爸爸提起这个事件之前，我差不多把她给忘了。”

英次站起身来，头一次发出带有活力感的声音：

“你们在怀疑我？新闻里不是说，犯人是对那次集会的主张持反对意见的人吗？相沢小姐和浮田小姐被选中，只能说运气太差了。”

道雄安静地回答道：

“搜查本部也有不少人这么认为。”

“那你们为什么问我那么多？”

“我并没有怀疑你。”

英次抓起捆绑书籍的束带，急躁地喷出一口气。

“我已经说了，我和相沢小姐就这点儿交情而已。和她在一起的时候很开心，仅此而已。你们想怎么调查就怎么调查吧。”

道雄目送着英次匆忙离去的背影。

“八木沢先生……”

听到速水的声音，道雄才抬起头来。

“那就如他所愿，好好调查一下吧。”

道雄轻拍了一下餐桌，站起身来。坐在两人身后、正在吃咖喱饭的学生吃了一惊，转身注视着他们。

5

惠参加的选拔会地点，位于东京郊外某大型游乐场内特设的野外舞台。当天天气良好，为方便公开审查，还聚集了大量的观众。

选拔会在下午两点开始，英次在午前便驾车前往惠的公寓，送她前往选拔现场。车子是英次父亲的，是一辆金属灰的日产CIMA。

正因如此，即便游乐场和野外舞台附近已没人记得当天的英次和惠，但有一个停车场工作人员仍然记得那辆车。

“二十多岁的男人却开着车牌是3开头的车子，让我吃惊了片刻。”（东京车牌若以数字3开头是富人的象征——译者注）

“那对情侣看上去感情不错。”对方如此说。

道雄和速水又从游乐场赶往选拔会主办方所在地。该制片厂在市中心商圈某大楼内占据了整整一层，可以看出其在业界的分量。

相沢惠在最终选拔阶段率先落选。

“她的年龄已经不小了。说到底，她本来就是拿来凑人数的，若最终候补者太少就不热闹了。”

主办方很干脆地承认，倒让道雄和速水吃了一惊。

“相沢小姐不是才十九岁吗？”

“是十九岁，但作为将来才要出道的新人，已经算欧巴桑了。而且她又不是什么演歌歌手。”

“不年轻就没有商品价值了是吗？”

“没错，就她的年龄和容貌，新鲜程度很快就会消失。”

这简直像在谈论肉食和鱼类。

“当她落选的时候，是什么样的表情？”

“不好说……我也只见过她在舞台上的样子而已，说不清楚。”

对方只是一味冷淡地摇头。即便是选拔会之前与惠有过接触的工作人员，对她的印象也只停留在“非常热心”的程度而已。

“简直像朝天上投掷石块。”速水罕见地发起牢骚。

然而收获还是有的。两位刑警看到了选拔会当天拍摄的录像，影片中拍到了仍然活着的惠。

“真是个美人。”道雄说，“而且很拼命。”

惠唱了一首节拍很快的歌谣，还跳了舞、朗诵了活动方提供的连续剧台词。这并非学业发布会，但惠却比在学业发布会上更为认真投入。在穿泳装出场的画面中，惠穿了一双几乎让脚尖直立起来的高跟鞋，绕舞台昂首行走了半圈。

“你的卖点是什么？”

面对评委的提问，惠如此回答：

“我的风采，还有，我脑子转得很快。”

“真让人受不了。”速水如此说。

辛辛苦苦找了半天，他们终于找到一个还记得惠的存在的人。

对方并非别人，而是选拔会当天和惠站在同一舞台并正好和惠并肩而立的候选人。一个叫山本真弓的十五岁高中生，她同样也在最终选拔落选。

真弓是个很漂亮的少女，有一双黑亮的眼瞳和白桃般的脸颊。她没有半分装腔作势之感，更像那种随时会躲在别人身后的老实小姑娘。道雄不由在内心偷偷为她落选一事送上祝福。

“我和相沢小姐在后台稍微聊了聊。”

真弓说话时，眼睛始终没抬起来。

“你们聊了些什么？”

“我不想去舞台上抛头露面，差点儿哭出来。当时我坐在角落里缩成一团，相沢小姐问我‘是不是不舒服’。”

真弓表示想马上回家，惠听完便笑了。

——那就回去嘛，这样我就少了一个对手。

——你还真热心。

——那是当然，必须时刻把握机遇。无论做什么，及时把握机遇的人都是赢家。

——你有自信吗？

——如果没有，就不会来参赛了。

如她所言，惠确实堂堂地参加了选拔。道雄却蓦地想到了那位说“她本来就是拿来凑人数的”的相关人员。

真弓轻言细语地说：“我不是自己报名的。”

速水颇感意外地问：“那是谁给你报的名？”

“我妈。妈妈过去曾希望做女演员，所以希望我能成名。若我从选拔会上逃回家去，就不得了了。”

真弓第二次和惠交谈的时候，是一行人站在舞台上，等待评委公布最终结果的时候。

“惠小姐说：‘是我，一定是我。’整个人保持向前冲的姿势。她不像在对我说话，更像是说给自己听的。我对她说：‘肯定是相沢小姐啦。’她微笑了一下。”

真弓仍然清楚地记得，当最终结果公布的鼓声响起，惠如同念咒般，不停重复地说着……

“‘神啊，神啊，拜托了，拜托了。’在这么说的同时，惠小姐的脸上还一直挂着笑容。”

然而，相沢惠最终落选了。

“选拔会之后，相沢小姐第一个冲出后台。我最后一次看见她，是和父母一起坐车离开游乐园停车场的时候。”

道雄和速水一起探出身去。

“相沢小姐和谁在一起吗？”

“和一个年轻男人。”

在看了才贺英次的照片后，真弓表示“应该就是他”。

“当时我想，是不是她男朋友啊？这样说可能不太好，但相沢小姐身边能有这样的人，真是太好了。”

在那之后，英次和惠去了两家店。两家店都位于横滨，一家是餐馆，另一家则是咖啡吧。

“以兜风路径来说，会往这边走也很自然。”速水说道。

“这条路径很流行？”

“没错，算是约会圣地。横滨跨海大桥的夜景最为有名。”

两家店中，在咖啡吧工作的一名店员仍然记得这对情侣。根据对方所言，英次和惠约在当晚九点来的，待了差不多两个小时。

“他们俩看上去很合适。不过不管怎么看，女方都显得比较热情。她是个美人，我还有点儿羡慕那男的，很傻吧。”

“那位小姐看上去有精神吗？”

或许是这个问题过于奇怪，年轻店员不由得喷了口气。

"挺好的，他们还投飞镖玩。"

速水看向墙壁上的挂钟，逆向计算起时间。

"他们来到这里，差不多是落选后四小时的事，情绪也应该恢复得差不多了。"

道雄也望向挂钟，心里想的却是"真是这样吗"。

"报纸和电视上登出相泽小姐的照片后，你是不是立刻认出她了？"

店员表示，立刻就认出来了。

"可能有人觉得，做我们这行的每天要面对大量的客人，不可能记得每位客人的脸，但其实不是这样的。如果对方是美女，就印象深刻了。她真可怜，碰上这种祸事。"

"你说女方看上去比较热情，具体是什么样的？"

店员显得有点儿害羞。

"挺难以启齿的。怎么说呢，像黏在男方身上，紧紧抱住对方之类的。"

"是不是喝醉了？"

"男方的脸色很正常，可能是要开车吧。女方也不算烂醉，应该很清楚自己在做什么。"

道雄知道，金属灰的日产CIMA在横滨一带算不上罕见。

据英次所说，他们在回东京途中，还开车去了码头的仓库街。询问了管辖那一带的交警后得知，那条路是著名的“情人路”，经常有情侣出没，CIMA之类的高级轿车也时常可见。

“大家都很有钱的。”刚迈入老龄的巡查笑着说。

“九月三十日晚上有没有发生过什么特别的情况？”

巡查翻了翻日志，摇了摇头。

“这个嘛……酒吧里有学生吵架，还有两宗车内失窃事件。性质蛮恶劣的，车窗都被弄破了，最近这种事挺多的。”

“是抢钱吗？”

“是啊，这种倾向可不好。虽然附近的人气提升是很好，但靠行窃为生的苍蝇也越聚越多。最近码头那边连走私甲苯的人都出现了……”

在返回东京之前，道雄和速水去码头的仓库街转了一圈。

那是个没有半点儿人气、相当安静的地方。

“和台场公园附近很相似，看不出有很多情侣嘛。”

透过窗户，可以看见闪光的海平面。街灯细长的斜影投射在仓库雪白的墙面上。

“一般人不知道这种好地方。”速水在驾驶席上伸了伸僵硬的脊背，“八木沢先生。”

“什么事？”

“您为什么要追查才贺英次？应该说，我感觉得出来，八木沢先生之前就不赞成本部的搜查方针。”

“是这样？”

“是啊。这样做有什么理由？是不是对本部描绘的犯人画像有什么疑问？”

道雄从口袋中摸出香烟。他几乎不吸烟，一盒香烟差不多够他抽一个多月。

“我也不是特别要反对会议上得出的结论。犯人是反对那个集会的某个人，这个可能性仍然很大，条理也很清楚。”

“我也这么认为。只不过……”

“只不过？”

道雄吐出一口烟，看向速水。

“你有什么疑问？”

“之前顺曾说过，犯人抛尸的地点，都有屋檐。”

“顺说的？”

“是。他说这话的时候，我们还没发现“小宇宙东大岛”和日出汽车修理厂的碎尸。但在那之后发现尸块的地点也有屋檐，就是筱田家的屋檐下。”

道雄点了点头并掐灭了烟头。

速水继续说道：

“听顺这么一说，我忽然想到：说不定犯人选择的抛尸地点，都考虑到即使下雨也不会让尸体被淋湿。如果真是这样，那么和本部给出的‘报复性随机杀人’的结论就不相匹配了。”

道雄将速水的话斟酌了一番，然后才说：

“我很在意才贺说过的话。”

“才贺先生？”

“他说过：‘杀害他人，再把开始腐坏的尸体分成一块块还到处乱丢，根本不符合“美”的意识形态，美术界的人应该做不出来。’这是不是和犯人的感觉很像呢？”

海面风平浪静。道雄透过车窗凝视着海景，继续说道：

“对于犯下杀人或强盗罪行的少年犯，我不知道他们具体都是些什么人。但可以肯定的一点是，他们都欠缺想象力。”

道雄转过头去，发现速水正目不转睛地盯着自己。

“欠缺想象力。”道雄再次强调，“正因如此，他们才会平心静气地犯下一些在具备常识的成人看来相当残暴的罪行。至于受害人会如何感受，他们根本没想过。他们不觉得其他人跟自己一样是活生生的人类，仅把对方当作自己欲望的对象而已。

“不过啊，当这些少年犯为了满足自己的欲望，而对被害人下手之后，他们也会感受到，对方和自己一样，也是活生生的人类——也许只有一次，但他们肯定会感受得到。这种感受的机会啊，速水，就是他们杀死被害人的时刻，就是他们窥见死亡的瞬间。”

速水吞了口气。

“大概一年前，发生过这样一个案件。女大学生在全裸的状态下被绞死，丢在某间公寓房里。那里并非她的房间，而是犯人的，而且是犯人登记在户籍所在地的房间。犯人很快认罪，并交代是在繁华的街上诱拐了被害人，带回自己家后强暴并杀害了对方。我们感觉很不可思议，就问他：为什么把尸体放在自己房间里，自己反而一走了之？你猜他是怎么回答的？”

“不知道……”

“把她杀掉时，房间里弄得很脏，我不要待在那么脏的地方。警察先生，原来人死了之后，会变成那么脏的东西啊？”

道雄靠向椅背。

“被绞杀的时候，被害人会大小便失禁。这是很常见的事。然而对犯人来说，直到那时他才意识到，被害人也是人，而不是任他摆布的布娃娃。

“只要人死了就会腐败，还会散发臭味。曾经惹人怜爱的美丽容貌也会消失不见。只要稍有想象力，任何人都能在心理层面上理解人死后的样貌。正因如此，正常人都知道这是不得了的事，也不会下手去杀人。

“然而最近，缺乏这方面想象力的人开始以恐怖的速度增加。其中少年占了多数。话虽如此，那些少年犯也有鼻子有眼，更不缺乏感受性，在实际杀人之后，也能理解这到底是怎么回事。

“事情到了这一步又该如何是好？因为欠缺想象力而杀了人，在亲眼看到尸体之后，这些少年犯心里又在想些什么？好丑、好脏，不知道该怎么处理。是丢掉，还是埋掉？是藏起来，还是一跑了之？有人想尽早远离尸体，所以随便将尸体丢在路边，让他们看上去更加冷酷。然而，他们绝对不会做出将尸体重新挖出来，并公之于众这种事。不，我认为他们做不到。像本案一样随意摆弄尸体的人，应该是另一种极端的人——想象力过剩的人类。而且，这种人绝对不会结伴同行，更不会团体行动。”

道雄双手擦脸，闭上眼睛。

“我能感觉出来，这个事件背后有一个具备常识、头脑很好的人。对方应该是一个感情丰富之人，他会用自己的头脑思考，拼命模仿冷酷无情的非人类形态犯罪。这种做法，对那人来说应该是相当厌恶的。然而，对方有一个非这样做不可的理由，所以他这么做了。绝对是一个意志坚强的人，绝对不是那些因为欠缺想象力才会杀人的小鬼能做出来的。”

道雄抬起头，只见速水一脸苦笑地看着他。

“所以，我同意你的看法。犯人在不阻碍自己计划顺利实施的同时，尽可能地爱惜被害人的尸体。说得更明白些，我认为杀害两个被害人的犯人，和碎尸并抛尸的犯人并非同一人。”

速水发动了汽车。

“回去吧。一定要把您说的那个人找出来。”

05

『马里昂巴德』之谜

1

十二月二十五日，寒假的第一天。

吃过晚饭，顺步行前往常去的音像店。电视上没有任何有趣的节目，他想找点儿影片来看。

顺在架子之间行走，随后来到放置最新作品列表的服务台旁。

就在此刻，“马里昂巴德”的大字猛然闯入视线。就在最新作品列表的最后，在“本月注目之作”的专栏内，写着这几个字。

电影的名称是《去年在马里昂巴德》。

本片是导演阿伦·雷乃的杰作，是“不合逻辑电影”的代表作。电影以女主人公被完全陌生的年轻男子告白开场，男子称“去年在马里昂巴德遇到你，我们就相爱了”，然而，女主人公对此毫无记忆。

当时，“谜之女”在顺“我肯定见过你”的逼问下，说出了“我们在马里昂巴德见过”这种话，是不是某种冷笑话呢？当时的状况和电影场景完全不像，对方却联想到了那部电影的内容，还用开玩笑的口吻说出了那番话。

不是深度电影粉丝，绝不会说出那种话，顺开始思索。这也绝不可能是偶尔看过那部电影才会有的反应。会有那种下意识的反应，绝对是非常喜爱电影之人。

然后，他想到了那个“影院天堂”的火柴盒。

当时，才贺和东吾的模样真的很奇怪，怎么看都不正常。

他们的态度代表了什么？川添警部也留意到了，还说真的很怪。

而且，筱田家附近还隐藏着一个喜欢电影的“谜之女”……

早知如此，应该多看文艺电影才是。如果是这样，早就明白那句话的含义了。

顺边想边急速往家奔去。

花婶表示要跟顺一同前去。

“老爷在值班，我绝不能让小少爷独自前去酒吧那种地方。”

花婶边做出门的准备边说：

“而且，我也对‘谜之女’感兴趣。”

“她又不一定真的在‘影院天堂’，都是我瞎猜的。”

“是不是瞎猜，去看看就知道了。来，我们出发吧。”

2

“影院天堂”位于中央区月岛住宅街一角的某栋楼内，位置是地下一层。

走下台阶，只见旋转门上贴满了电影海报，其中有《原野奇侠》和《雨中曲》。

花婶率先进入店内。酒吧里约有十个客人，呈满员状态。

两人来到柜台，一个五十岁左右的男人正在调酒，看上去像是店长。他身后的酒架上放着各式各样的酒瓶，有戴着小型牛仔帽的、有穿着白色小裙子的，极其类似玛丽莲·梦露在《七年之痒》中所穿的那条。后方可以看到一个大书架，和火柴盒上的宣传语说的一样，架子上摆满了电影海报。

背景音乐是《赤胆威龙》的《My Rifle, My Pony and Me》。店长正配合着迪安·马丁的歌声，愉快地调酒。花婶开始和他搭话。

顺和花婶交错着发言，当说完来意之后，背景音乐换成了《正午》的主题曲，看来今天放的音乐全是西部牛仔系列。

“那应该是安奈吧。”店长说道。

“安奈？”

“没错，中川安奈。她是我们这里的常客，和我不一样，她经常看文艺片，所以才能说出‘马里昂巴德’那种笑话。”

“她是什么样的人？”

“什么样的……是个好姑娘。她偶尔会带她弟弟一起来，她的弟弟倒是个不可救药的家伙。你们找安奈干什么？”

“有要事。请问安奈小姐住在哪里？”

店长将顺和花婶打量了一番，似乎得出了“这两人应该不会做什么坏事，就算想做也没这个能力”的判断，随即告诉他们：

“安奈就住在附近的公寓里。”

606号房门口贴着“中川”的名牌。两人按响了门铃。

“真的是她吗？会不会搞错？”顺小声对花婶说，“等她出来了，我们该怎么说？”

门把手轻轻旋转，门被拉开了一道十公分左右的缝隙，一张年轻女性的脸露了出来。

“请问是哪位？”

不会错的，就是她，长发、脸颊雪白的美人。

顺笑着开口。

“晚上好，我是你在‘马里昂巴德’遇到的人。你还记得我吗？我是筱田东吾的……”

不等顺把话说完，他和花婶便被拽入了室内。一切发生得好快。

顺听到另一个人的声音在说：

“偏偏今晚来碍事。”

3

负责盯梢筱田家的刑警给搜查总部打来紧急联络电话，是在刚过午夜零点的时刻。

“筱田和才贺过了预计的回家时间仍未出现。我们打了对方的汽车电话，也没有回复。他们有没有联络本部这边？”

这天，东吾和才贺表示需要和画廊相关人士讨论小作品展的相关内容，便一起出了门。才贺负责开车，车上只有他们两人。

“讨论完画展的事还要在外面吃饭，可能晚点儿回家，大约在晚上十一点。”才贺如此说道。

尽管警方在全体事件当事人周围布下了监控，但除非是女性单独外出，否则不会特意安排人手尾随当事人。若把参加集会的所有关联人等全算在内，要保护如此庞大的人群是不可能的。

特别是东吾这边，因他身边常跟着表示“比起警方马虎的戒备，我自己来做更安全”的才贺，让本部的每个人都倍感安心。随后他们一直保持这样的做法：当东吾要出门，就由才贺联系警方。迄今为止，并未发生过失去联系且超时未归的情况。

而在今晚，已经大大超出了预定的时间，才贺也没有联系警方。不论怎么打电话，汽车电话都无人接听。

到底发生了什么？

道雄和速水在搜查本部内设的休息室听到了汇报。瞬间里，道雄双手用力拍打桌面，让速水大吃一惊。

“被摆了一道！可恶，居然这么快！”

“八木沢先生？”

“我还以为他们会晚点儿再行动。到目前为止已经好几次了……”

“您在说什么？”

“是才贺。”道雄鲁莽地说，“果然是他，就是他。但不知道他的目标是谁，也不知道他的目的。他到底想干什么？”

休息室内的其他刑警已开始往会议室的方向走。速水看了看，转头问道雄：

“我们怎么做？”

数秒之内，无数的念头在道雄脑海中交错。然后他才说：

“去才贺家。这样做最有效果。去找英次谈谈。他才是突破口。”

会议室内，川添警部站在电话前瞪着空无一物的前方。

“会不会被犯人给绑架了？”

久保田如此表示。

和他形成鲜明对照的，是保持冷静的伊原。

“这种行动方式，和犯人之前的行动相互矛盾。”

“但他们已经杀害了两个人！”

“被害人都是气力不足的女性，而且杀人也是悄悄进行的。”

川添警部完全忽略周围的对话，径自低声说：

“是‘杀尽众人的天使’。”

“啥？”

警部想到了之前大木毅提到的，曾经停在筱田家附近的那辆车。

“运动型的红色轿车。后车窗上贴着‘杀尽众人的天使’的标志。立刻紧急调配人手，找到这辆车。如果是杀人犯做下的绑架事件，我们的线索就只有这辆车了。”

4

搜查本部联系了才贺家。当道雄和速水赶到，出门迎接的是才贺的妻子，昌子。

“你们查到了什么？”

“还没有。英次在哪里？”

“在二楼的房间里。你们……”

“打扰了。”道雄边说边踏上玄关。才贺家充分体现了家主的性格，整理得一丝不苟。道雄走上楼，门也没敲便打开走了进去。

英次横躺在床上，听着随身听里的音乐。道雄把耳机从随身听上拔掉，他才起身。

“你想干什么？！”

追在道雄身后跑上楼来的昌子大喊一声。

速水将她一把拉住。

“英次，我有事要问你。”

英次用顽石般的眼神注视着道雄，被道雄抓住的手腕却颤抖个不停。

“东吾先生和你父亲行踪不明。这到底怎么回事？你肯定知道。快告诉我，才贺先生到底准备干什么？”

英次沉默不语地捡起掉在地上的耳机。

与此同时——

顺和花婶双手双脚全被封箱带捆绑起来，倒在中川安奈的房间一角。

安奈的房间布置简单，窗帘和床罩全是淡蓝色的，家具则是统一的原木色。安奈把房间布置得很好。

房间里另有一套最近广告里大力宣传的、最新型录影机组合，还有一个精致的落地灯。

从顺的位置看不到花婶。两人嘴里都被塞了东西，也发不出声音。顺拼命调整姿势，好不容易能够和花婶两两相望时，他觉得好高兴。

花婶细长的眼睛里透出“小少爷，您不要紧吧”的问话。顺也用眼神回复，

我没事。对不起啊，花婶，害您也受苦了。

房间里还有另外三个人。

安奈坐在距离顺和花婶最远的地方，身体缩成小小的一团。站在她和顺等人之间的是一个十七八岁的少年。第三个人靠在门边吞云吐雾，看上去在十五岁到二十岁之间。

在顺看来，这两个少年很像本次事件的真凶。第二个少年的手腕上有蝴蝶形状的刺青，看得顺更加紧张。

然而他再仔细一看，那个刺青其实是画上去的。顺不由松了口气。这种感觉很奇妙，这种人应该比真给自己弄了个刺青的人好说话。

“这两个人该怎么办？”安奈问道。

她的眼底有一大团的黑眼圈，嘴唇也很干燥。真像失眠却

拼命裹紧被子想睡觉的人啊——顺如此想。

听到安奈的话，有蝴蝶刺青的少年回答：

“一起带走。”

“为什么？要怎么带？”

少年摇晃着肩膀，走到顺和花婶跟前。

“时机太差了。如果他们在今晚交易之后才出现，我们就不必这么慌张了——没办法，一起带去，让才贺见见他们。至于怎么办，让才贺决定就好。”

顺瞪大了双眼——他们要去见才贺？

“不过是一个小孩和一个老婆婆，不必这样吧……”

“他不是那个在筱田东吾身边晃来晃去的小鬼吗？太危险了。”

“太可怜了。”

之前始终保持沉默的另一个少年用阴郁的语调说：

“再多啰唆一句，你也会变得很可怜的，姐姐。”

姐姐——安奈是哪个少年的亲姐姐呢，到底是哪个？

有蝴蝶刺青的少年解开了这个谜团。

“啰唆的人是你。不许这么对我姐说话。”

抽烟的少年狠狠咒骂了句什么，蝴蝶刺青的少年又骂了回去，气氛变得相当危险。安奈用刚毅的声音阻止了他们。

“不许在我的房间里吵架。而且，我不喜欢把人捆起来。”

“但是啊，姐姐，”蝴蝶刺青少年说，“万一他们逃跑了怎么办？我们是无所谓啦，姐姐会很头疼吧。你可是共犯啊。”

安奈赌气地踹了地板一脚。

“我才不是你们两个的共犯！”

“很难说吧。”吸烟的少年发出讨嫌的笑声，又抬起包裹在脏污的袜子下的脚，用脚趾朝顺和花婶一指。

“那就问问他们，到底想怎么样。”

安奈把顺抱起来，胆怯地看着他。

“你们都知道些什么？”

什么都不知道——顺急忙摇头表示。蝴蝶刺青的少年笑出声来。

“那好，让我姐告诉你们。反正不管怎么说，既然来到这里，就不能让你们回去了，至少让你们死个明白。”

安奈润了润干裂的嘴唇，开始说话。

“这个事件，从头到尾都是被计划好的……”

5

道雄从英次手中拿过耳机，整个人挡在英次面前，开始说话。

“接下去我要说的，纯粹都是自己的推测，没有任何证据——至少现在没有。不过，只要继续努力搜查，一定能把证据找出来。但不幸的是，恐怕你父亲会抢在警方找到证据之前将整个计划做完，我想不会太久了。”

英次扭头去看墙壁。道雄安静地开始诉说。

“将两名被害人的尸体挖掘出来并碎尸、将犯罪声明送到警方手里的，全是你父亲做的。全部是才贺英雄做的。”

“怎么可能？”速水和站在门边的昌子一起叫了出来。

“非常遗憾，不过才贺太太，这些都是事实。而且，您丈夫之所以会这么做，不是为了别的，正是为了你们的儿子。是这样没错吧？”

安奈继续说道：

“制订计划的人是才贺英雄。他这么做都是为了他儿子。而英次之所以被卷进来，都是相沢惠和杀害她的人不好。杀害相沢小姐的人，就是站在那边的那两个——我弟弟和他的朋友。凶手一共有三个，还有一个人现在不在，但也在赶来的路上了。”

果然，杀害惠小姐的是这几个少年。顺对此心领神会。

“所有的一切，开始于九月三十日的夜晚。当晚在横滨码头的仓库街，我弟弟和他的朋友们的组织——‘杀尽众人的天使’，遇到了英次和惠。”

当时，英次和惠吵得很厉害。

“之后我才听说，当时惠在威胁英次。她想做明星，却好多次都落选了，但她不肯放弃。当她认识了英次，得知他认识著名画家筱田东吾，就认为可以利用他。

“然而，英次不想用这种事去麻烦筱田。他带着惠去见过一次筱田，但筱田表示不会用她。然后，惠用了卑鄙的手段。九月三十日晚上，再次落选之后，惠引诱了英次，两人发生了关系。那个地方情侣很多，只要有点儿暧昧的气氛，很容易得手，就算是我也明白。在那之后，惠再次缠着英次，让他要求筱田东吾用自己当模特。最后惠还威胁英次，若不帮她达成心愿，就把那晚发生的事全抖出去。就在两人争吵的时候，‘杀尽众人的天使’到了。”

安奈的弟弟接着说：

“才稍微威胁了他们一下而已，英次那家伙就抖个不停。趁我们不注意，那个软蛋丢下女人就跑。”

顺感觉自己的心脏开始结冰。他看了看花婶，她那双平日里温柔的眼睛此刻也瞪得大大的。

“那个女人吵得太厉害了，把那个逃掉的男人手上的手表都拽了下来。这块手表我还戴着呢。”

至此，顺终于厘清了头绪。

“杀尽众人的天使”在抓到被英次抛下的惠之后，不光玩弄了她，还从她口中挖出了英次的信息，他们用手表作为威胁，向英次勒索。

然后一路变成如今的状况。

“把那个女的杀掉又掩埋之后，我们又去找了抛下她不管的才贺英次。那家伙可是瑟瑟发抖啊。我是不知道那家伙将来能不能做律师啦，不过他说，如果被人知道自己对女人见死不救独自逃走，将会成为一生的污点，说完之后还差点儿吓尿呢。”

怎么会这样！顺的胸口发闷，怒气向上蹿。

安奈继续说：

“很奇怪吧，明明是我弟弟他们杀了人，还反过来勒索被害人。不过，他们三个都没成年，就算是杀人也构不成大罪，连名字都不会对外公布。这件事对他们三个来说不痛不痒，对才贺英次就不同了，他已满二十岁了。”

花婶发出“呜呜”的低吼，顺也很想这么做。

“我弟弟他们想要钱。英次很快把事情告知了他的父亲。才贺英雄很清楚，如果花钱就能守住儿子的将来，还是很划算的。我是不敢相信，但那人好像真是这么想的。根据双方的协议，才贺英雄已经付了一百万的头款，今晚我们拿手表去交换，拿另外的五千万。交易的时间就快到了。”

安奈快速地说道：

“但有一点很头疼。英次完全无法隐瞒他和惠曾经的亲密关系，以及九月三十日晚上和她在一起的事实。但有人很清楚，惠为了给筱田东吾做模特，会不择手段。万一在发现惠失踪之后，那个人开始产生怀疑就完蛋了。而且，真的有这么一个人。”

这个人就是浮田聪子。

“惠曾对聪子这么说：‘才贺英次很容易搞定，顺利的话，我就能给筱田东吾做模特了。’所以聪子才会那么关注惠，在惠突然失踪之后，她头一个怀疑的就是英次。”

“英次哭着找到我们，说浮田聪子开始怀疑他了，求我们把她收拾掉。”

安奈的弟弟满不在乎地说道。

“我们没办法突然出现在聪子面前，所以就让英次把她叫出来。英次对她说，‘惠正在做模特，没办法来见你。’聪子也蛮好玩的哦。”

顺紧紧闭上眼睛。这都是些什么人啊！

安奈的声音开始颤抖：

“然后，我也被卷了进来。我很了解自己的弟弟，一直为他伤脑筋。一旦他有什么变化，我都能立刻看出来。于是我试着问了一次，为什么最近你会有这么多钱？然后，他和盘托出。才贺英雄不知道我已经掌握了全部的事情。我曾远远地看了那个人一次，感觉很恐怖。你知道我当时是什么心情吗？”

安奈双手抱住身体，不停摇头。

“好多次了，我之所以靠近筱田东吾的家，是想将一切都告诉他。我读了他登在那个集会宣传册上的文章，觉得他能够帮助我们。然而，我没有勇气。我明明是一个认真生活的人，万一被人知道卷入了这种事件——哪怕只是我弟弟做的，跟我没关系——我也会被世人看成罪犯的。我不想变成这样！”

比起安奈所说的一切，她弟弟的反应似乎更能将她逼入绝境。

听到姐姐的诉说，少年反而用鼻子哼出一声失笑。

“接下去发生的事——碎尸、抛尸，给警察寄挑战信，都是为了给世人留下这样的印象：她们之所以会被杀害，是因为参加了那个集会，惹恼了反对集会的不良少年。出席那场集会的人中，已经有人发觉惠和聪子不见了，再这样下去，和惠交往过的英次会被怀疑——明明他和警方描绘的犯人形象一点儿都不像。”

真是讽刺啊。顺在心里想。

明明英次没有杀害任何人，却那么怕被怀疑。

“这一切都是才贺英次他父亲的计划，都是他一个人干的。”安奈的弟弟说道，“对我们来说，就算那两个人的身份曝光了，也完全没有影响。认识她们两个的是才贺英次，不是我们。万一英次被警方怀疑，全部招供的话，我们也就拿不到钱了。”

他的口气很轻松。

“我一直看着才贺做着各种计划。他可真厉害。我还特意跑去筱田家附近把他喊出来，问他是不是做得太过火了。那家伙根本不听我在说什么。真是很厉害的老爹。”

大木毅应该就是在那时，看到了停在筱田家附近的、贴有“杀尽众人的天使”的红色汽车。那个“影院天堂”的火柴盒，说不定也是安奈的弟弟转交给才贺的。才贺也习惯性地、无意地将它放到了筱田家堆放火柴盒的地方。所以当顺和慎吾发现了那堆火柴盒，才贺才会露出那么恐怖的脸色。“影院天堂”的火柴盒，正是才贺和那几个少年相关联的关键所在。

“差不多该走了。”安奈的弟弟说。

“让才贺决定怎么处理你们好了，跟我们来。”

6

道雄边说出自己的推测，边目不转睛地盯着目光躲躲闪闪的英次。

“我们不知道你父亲接下去要做什么。但能肯定的是，不管今后发生什么，不管你父亲怎么做，警方的怀疑目标都将锁定你父亲和你。我很确信，这个事件的真相并非新闻报道写的那样，不管你父亲的计划进行到了什么程度，都是无用功。才贺所做的只是冒险，绝对不会成功。”

道雄瞥了一眼英次房间里的挂钟，凌晨一点十三分。

英次双手扶额，低声说出了口：

“晴海码头的第三栈桥。爸爸就在那边。他和对方约好两点见面。”

少年们所驾驶的车，正是大木毅曾在筱田家门口看到的，在电影《克莉丝汀魅力》中出现的同款。赤红色的车身，惹眼的“杀尽众人的天使”标示。

三个少年，以及安奈、顺和花婶，六个人无论如何都挤不进一辆车。我们会不会被塞进后备厢啊——顺如此想着，却见安奈将自己的车开了出来。这是一辆白色的轻型车，安奈的弟弟开车，安奈坐在副驾驶位置上，顺和花婶被押入车后面的座位。顺和花婶的双腿恢复了自由，双手依然被绑着，嘴也依然被堵着。深夜的公寓停车场，完全无法指望有人能发现行踪鬼祟的一行人。

发动引擎之后，两辆车一前一后驶入夜晚的街道。安奈一言不发，一副垂头丧气的模样。然而，在她弟弟打开广播之后，她立刻伸手将广播关掉。随后，她弟弟开始吹口哨。

“别摆出这么恐怖的脸色嘛，姐姐。”

开上主路后，他开朗地说道：

“我会变成有钱人，再也不会死乞白赖地来姐姐这里了，你放心吧。”

安奈保持沉默。

顺看了看坐在身边的花婶。只见她双目紧闭，挺直脊背靠在座位上，看她冷静的模样，简直像在坐出租车。

花婶都不害怕吗……

才贺先生会把我们怎么样呢？不过，想也没用。

我是刑警的儿子。绝对没有理由再让我活下去。

为了保护自己的儿子，才贺到底横渡了多么危险的桥面，顺心里很清楚。而且面前的少年，已经杀害了两个女性，就算再多杀害一个年逾六旬的老婆婆和一个嘴边没毛的小孩，对他们来说也不算多大的事。

爸爸，妈妈——顺在心底如此呼唤，感觉眼泪正慢慢溢出眼眶，他急忙将泪水憋回去。

道路开始变得不平整。就算是平常吵闹不休的暴走族，也不会在此刻出现。没有车辆从对面驶来，更没有喝醉酒的人。车子不停向南，往码头的方向驶去。

这事根本没道理。顺如此想。

他很生气。难道要任由事态发展吗？但被牢牢捆住的手完全动不了，被塞满东西的嘴火辣辣地疼。

顺睁开双眼，拼命把神经往下巴那边集中。不能认输，必须做点什么。我有义务保护花婶。为了在电话里说“我奶奶在吗”的花婶的小孙子，我一定要努力。要有信心，要有意志力。

从前看过的那些影片里，有没有能拿来参考的剧情呢？陷入穷途末路的主人公都是如何脱困的？

恐怖电影全都没用，差不多所有人都被杀光了。那些电影里的人物，总在以为获救的时刻被猝不及防地杀害，就算在第一部里存活下来，通常都会在第二部的开头被杀掉。

动作片可以利用。总之，先把自己想象成施瓦辛格。必要的话，他能够徒手拔起电话亭，从飞机上跳下去也死不了。查克·诺里斯也不错。可恶，如果学过空手道就好了！

车子在路面大大地跳了一下，顺的头“砰”地撞上车顶，让他眼前金星乱蹦。可恶，既然这样干脆变成《13号星期五》里的杀人魔杰森好了，要不然变成僵尸也好。被杀害后变成腐尸的八木沢顺挥舞着割草的镰刀站起身来……

车速开始减慢，最终缓缓地停下。从顺所坐的那侧车窗可以看见仓库的墙壁，花婶的那边则面向漆黑的大海，几台起重机的轮廓耸立在夜空中，犹如恐龙的骨架。

众人前方停着一台金属灰色的日产CIMA，是才贺的车。透过车窗看过去，穿透夜色而来的车身，仿若《大白鲨》中的那条鲨鱼，散发出不祥的气息。

CIMA的车门开启，才贺走下车。也许一切都搞错了——在看到才贺的瞬间，顺绝望的心愿也跟着烟消云散。

另外两个少年从“杀尽众人的天使”上下来，朝才贺走去。他们指了指安奈的车，说了些什么。安奈的弟弟打开车门探出身子，对才贺喊了一句“都是朋友”。

才贺呆立不动。

事态不仅如此。CIMA副驾驶的车门忽然“砰”的一声打开，随后出现的人竟是东吾。顺的心脏几乎冲出堵住嘴巴的障碍物，从体内飞出。安奈也大吃一惊。

“筱田先生……”

她用嘶哑的声音喃喃自语。

“筱田先生也知道一切。他是同谋。”

花婶缓缓转过头，和顺四目相接。

东吾先生全都知道。不光知道，还协助才贺先生……

有那么一瞬间，东吾和才贺始终注视着顺所在的位置。两人都面无表情。

随后，东吾背过身去，回到车上。他重新坐到副驾驶位置，紧紧关上车门。

其中一个少年嚷着“钱在这里是吧”，随手拉开CIMA后座的车门。

在此期间，才贺犹如一个破败的摇头人偶，目光不停地在东吾和顺等人所乘坐的车之间来回巡视。随后，他自暴自弃地垂下肩膀。

“你来这里。”他对安奈的弟弟喊道。

“姐姐，千万别做傻事。”安奈的弟弟边说边下车，“万一我们被捕，最头疼的人应该是你。你不想被整个社会唾弃吧？你还想结婚不是吗？所以，你给我老实一点儿。”

安奈仿佛被冻僵一般动弹不得，也没转头看顺和花婶一眼。

两名少年已经钻入CIMA，安奈的弟弟紧随其后，正伸手去拉车门。

“安奈小姐，这样真的好吗？”

是花婶的声音。顺当然吃了一惊，安奈则更为吃惊。花婶已解开了手上的束缚，堵嘴的东西也被取出。

“最近的年轻人都不擅长打绳结呢。只要稍微花点儿时间就能解开。”花婶边解释边给顺松绑。

然而，安奈的车只有前排的两个车门，想从后排逃跑是不可能的。坐在前排的安奈的眼睛瞪得老大。

“婆婆……”

“这样真的好吗？放任你弟弟他们去那边？”

安奈捂住嘴。

“我弟弟他们说不定会杀了你们……”

花婶断然地摇头。

“会被杀害的不是我们，而是你的弟弟和他的朋友们。”

顺和安奈闻言，都屏住了呼吸。

“这样真的好吗？”花婶用严厉的口吻继续说，“在听完你的说明之后，我完全无法认同你们的说法。”

CIMA中应该正进行着一场交易吧。那些少年也许在数钱，或许也有可能……

“让我感觉奇怪的是，才贺先生将两名女性的尸体挖出来分尸的理由。”

“我都说了，那是想把英次身上的嫌疑撇清，所以才要给警方制造完全不同的犯人形象……”

“不，不是那样的。”

“不是？”安奈哑着嗓子说。

“没错。请你认真想想，到底谁会去怀疑英次少爷？究竟有谁开始起疑了？就算才贺先生不做那种危险的事，英次少爷也不会被怀疑跟惠小姐和浮田聪子小姐的失踪有关。说他会被列为怀疑对象，证据是什么？”

“我说了——都是才贺——而且，若放着不管，曝光是早晚的事！”

“你们几个孩子，是不是都被才贺先生的说法给绕进去了？”花婶的口吻愈发严厉，“你弟弟他们的想法太天真了。才贺先生做的那些事，最直接受影响的不就是他们几个吗？一旦两个被害人的身份曝光，事件引发骚动，直接受牵连的不就是你弟弟他们几个吗？”

安奈猛地转头看向CIMA。她的弟弟也上了车，后车窗的玻璃上，模糊地映出三个少年的头部。

“我是一个没受过什么教育的女佣，但我也明白，被敲诈勒索之人，绝不会唯唯诺诺地把钱交出来。为了英次少爷，才贺先生很可能一有机会就会杀掉那三个孩子——也许只是我胡思乱想，但安奈小姐，你有没有这样考虑过问题？而且，才贺先生在此时此地杀害三个孩子，对他来说有两个有利条件。”

顺也往CIMA的方向看去。金属的车身闪耀着彩虹般的光彩，车子正前方是向海面延伸的栈桥，再过去就是宽阔的大海。

过去我应该看过这种让人不愉快的场景——顺心想。和现在的情形类似，到底在哪里看到的？

“如果才贺先生选择在这里杀害他们三个，应该能够速战速决。而且，他完全可以把杀人行为正当化。理由你懂吗？才贺先生把自己一手打造出来的犯人形象——‘对要求修改少年法的集会感到厌恶，从而杀人’的、在这次事件中实际是虚构的犯人形象，套在了你弟弟和他的朋友们身上。才贺先生给那三个人设定了这样的形象。”

至此，顺终于厘清了花婶所说的话。

当事人双方很早之前就已决定好，今晚在此地进行五千万日元的交易。然而，除了才贺、东吾和几个少年，没有其他人知晓这件事。

才贺会在此地将少年们杀害，然后联络警方；又或者是，警方会率先开始寻找东吾和才贺的下落。两人这么晚了还未回家，警方肯定已经开始担心。

然后，才贺会对赶来的警方如此说：这几个少年就是绑架并杀害两名女性的犯人。他们杀了两个人仍不满足，还绑架了老师和我，带到这里来准备杀害我们。我别无他法，为了自保，不得已才杀了他们。

这是一场大戏，但成功的可能性极高。至于原因，大家全都心知肚明——应该说是深信不疑——杀害两个被害人的是没血没泪、没有良心的少年犯。

“如果顺利，勒索事件就会被掩盖。到时候，才贺先生会成为英雄，同时成为为了自保而不得不动手杀人的被害人。”

仿佛在配合花婶的话语，CIMA中传出少年的尖叫。

“搞什么鬼！钱没准备好吗？！”

花婶转过头去。“如果才贺先生准备依照我刚才所说的那样行动，那他今晚绝对不可能带钱来。”

安奈紧紧抓住座位靠背。

“不过……就算他真想这么做，这里还有你们，还有你们啊。他打算怎么做？这个计划太疯狂了。”

“才贺先生很可能决定赌一把，在杀了他们三个之后，再来试图说服我们和你，说不定我们能够就此闭嘴。从刚才的情况来看，你弟弟他们的所作所为，也让你吃了不少苦。”

花婶一声叹息。

“又或许，反正情况已经变成这样了，就算计划露出破绽也无所谓，只要能把你弟弟和其他两个人杀掉，怎么样都行。所以我想问问你，打算怎么办？是阻止他们，还是放任不管？”

“但他要怎么杀人？他们有三个人呢！”

安奈喊出来的同时，答案在顺的头脑中闪过。

没错，眼前的光景，夜晚的码头，车，海。他对这一切都有印象。电影，是在电影里看过。影片的名称是《疑惑》，讲述女主角为了保险金和遗产而杀害丈夫的故事。她把丈夫放在车里，让车子坠海，自己则砸碎玻璃窗逃脱。只要事先做好计划，绝对能够办到。

何况，才贺从前还做过替身演员。

就在此刻，似有若无的警车汽笛声从远方传来。

“警察来了！”

之后所发生的一切，几乎在一瞬间同时开始。

CIMA副驾驶位置那侧的车门被打开，东吾像被什么人打飞一般，从车内翻滚出来。车门随即被胡乱地关上，同时车辆急速发动，企图直接冲上栈桥。

“不要啊！”

安奈发出悲鸣，钻到驾驶位上，想发动自己的车子追上CIMA。然而，引擎发动不了。同时，顺胡乱地左右扭动身体，从副驾驶那边的车窗钻了出去。

“快跑。”东吾倒地不起，在抬头发现顺之后，他发出嘶哑的声音。

“小顺，我……”

CIMA轰的一声发动起来，歪歪斜斜地朝栈桥方向开去。顺只来得及和驾驶位上的人相互看了一眼。

巡逻车的警铃声响彻天际，红色警灯越来越大。

“快阻止他！是那辆车！”

顺用力挥动双臂，使劲指向CIMA的方位。其中一辆警车掉头驶向CIMA，企图在CIMA的前方拦截；另外两辆警车狠狠地撞上了CIMA，迫使CIMA回转了半圈，驾驶位朝向了背对大海的方向。

然而，CIMA很快调整位置，执拗地继续朝大海猛冲。顺简直快疯了。该怎么办？怎么做才好？

他的目光忽然转向东吾所穿的木屐。他拾起木屐，用尽全身的力气拉开架势，仿佛投出逆转胜负的决胜球一般，全力将木屐投向CIMA。

木屐掉在了CIMA的车顶上。这就足够了。就在CIMA失去控制的短短一瞬间，一辆警车从正前方狠狠地别住了CIMA的轮胎，迫使轿车回转，成功阻挡了它。尘埃飞起，两辆车同时停住。

一辆又一辆警车接踵而至。不时有警察从车内下来，道雄的声音也飞入呆呆站在原地动弹不得的顺的耳中。

“顺！你在这里干什么？！”

冲着儿子喊的声音堪称怒吼，而在看到花婶的时候，道雄立刻变得哑口无言。花婶支撑着站立不稳的安奈，站在轻型车前。

“顺，花婶，大家都没事吧？”

这次是速水的喊声。那辆CIMA的保险杠被撞凹了一大块，顺直到看见才贺和三个少年被拉下车，才双腿一软当场跌坐在地上。

东吾在他的身边，正用手肘撑地让自己站起来。他和顺对望了一眼，脸上的皱纹更深了。

然后，东吾笑了起来。他拍拍自己的额头，一副精疲力竭的模样，但声音很明朗：

“啊啊，太好了，真是太好了。计划失败了，多谢你啊，小顺。”

道雄赶到儿子身边，弯下腰。顺抬头看着父亲，说道：

“我投得还不错吧？”

道雄抓起儿子的手，把他拉起来。

“那个嘛，还达不到正规选手的水平。”

终章

根据被捕的才贺和三名少年的供述，事件的真相逐渐明朗。

大致的情形，与顺和花婶被绑架之后得出的结论基本相符。一切都是才贺英雄的计划。

才贺对少年们说明，为了洗清英次的嫌疑，必须创造和英次完全不同的犯人形象，因此需要将两名被害人的尸体挖出并碎尸，还要捏造犯罪声明。

然而，才贺真正的目的，是将犯人的形象与几个少年犯相匹配，从而能够堂堂正正地杀害他们三个。

“如果只是把那几个卑鄙的勒索者杀掉，计划会更简单。但若那样做了，他们也会变成杀人事件的被害人；被杀害的两名女性也无法重见天日，更无法回到自己的家人身边。我认为这样不行，不光要杀了他们，还要将他们是杀人犯的事实大白于天下。并且，我也希望能找到两个被害人的尸体，所以才会那么做。”

发生在晴海码头第三栈桥的那些事，当然不是东吾和加贺被绑架所致。最初的起因，是以交换英次的手表为目的的金钱交易。

“我无法在他们三个的住地截住他们。说到底，我根本不知道他们住在哪，所以能够将他们一口气收拾掉的地方，只有交易地点。而且在那里能够制造这样的意外，即我和东吾先生被本次事件的犯人给袭击的事实。”

东吾发表在杂志上、对犯人喊话的文章，实际的执笔人也是才贺。正因如此，比起东吾亲自撰写并刊载在集会宣传手册上的文章，前者的内容更为激烈。

“只要读到那个，被激怒的犯人就会袭击东吾，我们的计划就更完善。”

这也是计划的一部分。

“然后让英次在事件中相关联的部分永远埋没？”

才贺用力点头。

“和英次相比，那些人的性命不值一提。说到底，都是法律不健全的缘故。即便是穷凶极恶的罪犯，只要未成年便不会受罚，甚至姓名都不会被公开，总有一天能够重返社会。”

“你说的也包括浮田聪子的性命，对吧？”

“这个……”

审讯室中，道雄任由才贺挑拣自己想说的话来说，只有这一次，道雄提出了异议。

“如果你和英次早点儿公开事实，浮田小姐就不会被害。从这种层面来说，浮田小姐等于是被你杀害的。”

“动手杀人的是那三个人！”

“不过啊，才贺先生，养育出那种少年的，是我们这一代人。跟自己的孩子相比，那些少年的性命不值一提，会用这种方式思考的，是我们这代人。”

才贺没有回话。

调查过程中，伊原刑警向才贺发问：

“在此之前，我跟你有过一次失之交臂的经历。你应该知道那是在哪。”

“这个……”

“就是相泽小姐的公寓。站在她的公寓前仰望她的窗户，说出‘我一定会为你报仇，请原谅我’的人，就是你吧？”

才贺小声嘟囔：

“对我来说，把她们两个分尸也不是什么愉快的事。”

他的这番话，让道雄和伊原勉强感觉得到了救赎。

才贺的计划基本按照预定的进行，其中却漏算了几步。一个是安奈的存在；另一个严重失误则是大木毅。

大木毅寄给道雄的匿名信曾让搜查本部大伤脑筋，和警方一样，才贺也为此相当头疼。

“没想到是那个孩子……我借用了那孩子留在便利店的连锁信的字体，那孩子也做了同样的事。纵使不知道那封信到底是怎么回事，计划却不能停止。仔细想来，我简直是被小孩给折腾了……”

在三个少年那边，刑警问道：

“当才贺开始实施计划，将两名女性的尸体挖掘出来、分尸又抛尸的时候，你们都是怎么想的？”听完问话，三名少年如此回答：

“我在想，干得漂亮。”

“那个大叔竟然那么爱护自己的儿子，感觉有点儿羡慕。”

“这样做，万一被死人诅咒了可怎么办？”

媒体稍微改变了一下三个少年的原话，将其登在了报纸上。

然而，他们的名字并未被公开。

事件的报道告一段落之后，顺和东吾见了面。这次，顺前往东吾位于成城的家造访。

正如安奈所说，对于才贺所做的一切，以及英次被卷入事件的原因，东吾全都知情。然而，东吾依然保持沉默，在某种程度上协助了才贺，当才贺向警方说谎，还从旁为他做证。身为“喧哗东吾”，会对这样的事件保持沉默，肯定有某种理由。

就这点来说，东吾也是有罪的，然而他并没有被拘禁。

顺很想知道，为何东吾会选择帮助才贺。尽管帮助才贺，却又在计划以失败告终的时刻，对顺露出了发自心底的笑容，顺想知道其中的理由。

花婶表示：“我大概能想到那个理由。”随即她将自己的推论告诉了顺。为了确认花婶的推论是否正确，顺前去拜访了东吾。

“你家女佣都说了些什么？”

两人在筱田本宅宽阔的走廊里并肩坐下，悬空的两双脚一起摇晃。东吾开口问道。

“东吾先生，之前您曾经跟我谈过东京大空袭的事。”

“嗯。”

“当时，有个人和东吾先生一起逃到了锦糸公园。”

“……确实有。”

“东吾先生，当时我没有追问那个人的名字，以及那人之后是不是也得救了。花婶分析，和东吾先生一起逃脱的人，说不定是才贺先生的父亲。”

——空袭当晚，忍受不了的东吾从公园池塘里向外爬，为了把他拖回池塘，对方反而遇害身亡。

“这样一想，很多问题就迎刃而解了。之前也说过，才贺先生的父亲死于战争。东吾先生之所以突然造访才贺先生的事务所，并拜托才贺先生做自己的顾问会计，也是因为知道了才贺先生是您救命恩人的孩子，并且吃了很多苦才创建属于自己的事务所——我没说错吧？”

东吾微微一笑。

顺继续说道：

“而且，若把《火炎》倒过来看，达摩的画像就会变成才贺先生的脸。”

“哦，被你发现了。”

“对不起，是小慎发现的。而且花婶说……”

——从时间角度来说，《火炎》中那个达摩所隐藏的人脸绝不可能是才贺先生。但真的和才贺先生很像，如果是才贺先生父亲的话，倒是很有可能。

东吾点点头。

“才贺则男，我叫他阿则。他是个好人。”

在锦糸公园的池塘里，东吾和才贺则男一边往身上泼水一边苦熬。当东吾不堪忍受而离开池塘之时，阿则追了过去，将东吾带回安全的池塘，自己的胸口却直接被燃烧弹击穿。

“……对此，我无计可施。为了救我，阿则死了。”

——东吾先生一直带着这份思念活到现在。所以才会……

“才贺先生都知道吗？”

“在他为我工作之后，差不多满一年的时候才留意到这点。他也是在《火炎》中看到了父亲的脸。”

即便如此，那都是遥远的过去发生的事了——如此表示之后，才贺再也没有露出为此事特别纠结的神情，直到英次的事件爆发。

东吾缓缓道来：

“一开始，我也劝他最好赶快报警。但才贺说，真这样做的话，英次的人生就给毁了。”

——老师，我的父亲用自己的性命保护了您。所以这次，请您救救我的儿子。您只需保持沉默，按照我的话去做就行。

“小顺，之前我也说过，身为画家，我只有《火炎》这一幅作品。那就是我的全部。而且，之所以能够画出那幅画，都是因为救了我的阿则。所以我根本无法拒绝。”

“东吾先生。”

“嗯？”

“之前我也问过您，什么时候再画一幅和《火炎》不相上下的作品，当时您回答我，‘有想画的东西，就会画的吧’。那句话又是什么意思？”

老画家微笑起来。

“如果才贺的计划成功，那三个少年被他杀害的话，恐怕我再也无法作画了。我再也没有那种资格。”

“那么，既然您帮助了他们，就请继续画吧。”

东吾颔首，轻轻摸了摸顺的头。

“我应该会继续画的，真的很想再次动笔。而且，就算没有《火炎》，应该也可以继续作画了，就算没有那幅画的支撑，应该也能画出新的作品。”

因此，如今《火炎》正在某家小型的公立美术馆里展出。顺偶尔会前往美术馆看画，也曾邀请道雄一同前往。

话虽如此，对于忙碌不已、总被突发状况喊出门的父亲而言，根本没时间好好地欣赏美术作品。